이구아나가 귀찮은 날들

사토 다카코 지음
하라다 타케히데 그림
홍 창 미 옮김

수린재

Text copyright 1997 by Takako SATO
Illustrations copyright 1997 by Takehide HARADA
First published in Japan in 1997 under the title "IGUANA-KUN NO
OJAMA NA MAINICHI" by KAISEI-SHA Publishing Co.,Ltd
Korean translation rights arranged with KAISEI-SHA Publishing Co.,Ltd
through Japan Foreign-Rights Centre & Imprima Korea Agency

이 책의 한국어판 저작권은 Japan Foreign-Rights Centre / Imprima Korea Agency를 통한 KAISEI-SHA Publishing Co.,Ltd와의 독점계약으로 수린재에 있습니다. 저작권법에 의해 한국 내에서 보호를 받는 저작물이므로 무단전재와 무단복제를 금합니다.

옮긴이의 글

우리 집에는 강아지 한 마리가 있습니다. 보보라는 이름의 하얀 강아지입니다. 아파트라는 공간에서는 애완동물을 키울 수 없다고 생각하고 살았었는데, 두 아이의 간절한 소원을 항상 "안 돼!"라는 한 마디로 묵살해 버리기에는 좀 가혹하다는 생각이 들었습니다. 마음을 나누고 사랑을 줄 수 있는 애완동물 한 마리 키워보지 못한 채 어린 시절을 보내야 하는 두 아이가 가엾게 보이기도 했습니다. 저 또한 어린 시절, 마당에서 키우던 누렁이, 흰둥이와 더불어 기쁘기도 하고 가슴 아프기도 했던 추억을 지금껏 아련히 간직하고 있으니까요.

보보를 데려오던 날의 기분을 지금도 선명하게 기억하고 있습니다. 태어난 지 두 달도 채 못 되어 엄마와 헤어져서 낯선 집으로 옮겨져 낯선 사람들에게 둘러싸여 있던 그 측은하고, 의지할 데 없어 보이던 모습에 가슴 한편이 다 무거웠더랬습니다. 3년이 지난 지금, 보보는 자신을 우리 부부의 자식으로 착각하고 사는 듯합니다. 우리 또한 그 강아지를 안고 만지며 크고 작은 위안을 받습니다. 외출에서 귀가할 때는 온 몸을 던져 표현하는 세상 최고의 환대를 받습니다. 이 세상에 아무리 값비싼 인형이 있다한들, 이렇게 따뜻한 체온을 갖고 마음을 담은 눈빛을 주고받는 그들과 비교할 수 있을까요? 하지만, 애완동물이 항상 예쁘기만 한 것은 아닙니다. 먹이고 씻기고 치우고 치료해 주고 하는 일이 귀찮아지기도 합니다. 그들 특유의 냄새가 유난히 거슬리는 날도 있습니다. 하지만 사람도, 가족도 마찬가지 아닐까요? 살다보면 자식이건 배우자건 귀찮거나 부담스러울 때도 있지 않을까요? 그렇지만 그때 뿐, 가족이란 귀찮다고 버릴 수 있는 존재는 아닙니다.

「이구아나 야다몽」(원제-이구아나가 귀찮은 날들)은 이구아나라는 조금은 특이한 애완동물을 매개로 한 일종의 성장소설로,「산케이아동출판문화상」과「일본아동문학협회상」그리고「로보노이시문학상」을 수상하며 그 작품성을 인정받았습니다. 권위 있는 아동문학상을 3개나 받은 작품이지만, 많은 일본 독자들의 리뷰에서도 볼 수 있듯이, 이 책은 결코 아동 취향으로 볼 수 없는 탄탄한 매력이 넘쳐나는 작품입니다. 작가는 시종일관 간결하고 거침없는 표현으로, 어린 소녀를 주인공으로 내세우면서도 이 소설을 성인의 마음까지 사로잡는 세련된 작품으로 완성하는데 성공했습니다. 마음이 보드랍지도 다정하지도 않은 쥬리라는 소녀가 처음에는 귀찮기만 했던 이구아나를 어떻게 진정으로 받아들이고 생명의 소중함을 느끼게 되는지를 감동적으로 그려 냈습니다. 또한 그 감동은 전혀 작위적이지 않아 읽는 이를 더욱 뭉클하게 합니다. 쥬리가 한 발짝 내딛게 된 성장과 조금은 이기적이었던 가족의 변화하는 모습은, 이 책이 모든 세대가 읽고 공감할 수 있는 참으로 좋은 소설임을 잘 보여주고 있습니다.

성장소설이나 성장영화라는 장르는, 어쩌면 더 이상 성장하지 않는 어른을 위한 교훈의 말일지도 모르겠습니다.「정복자 펠레」,「개 같은 내 인생」처럼 성장을 다룬 수많은 영화들이 세계 유수의 영화제에서 대상을 받는 것은, 성장의 이야기가 한낱 어린 것들의 이야기가 아닌 인간을 향한 애정어린 카타르시스의 전언이기 때문은 아닐까요. 인간의 젊은 날은 그 빛이 너무도 눈부셔 우리가 그 안에 있을 때 그 빛남을 모르듯이, 소년 소녀들의 성장은 너무도 치열해서 우리가 그 안에 있을 때는 그 뜨거움을 알 수 없는지도 모르겠습니다. 한 발짝 떠나오면 우리는 지나온 그 시대에 찬사를 보내지 않을 수 없습니다.

작가인 사토 타카코 씨의 문체는 너무 발랄하고 경쾌해서 책을 읽기에는 정말 재미있었지만, 그 글을 옮기는 과정에서 괜스레 거친 표현으로 저 자신의 부족함을 채운 것은 아니었나 하는 걱정이 있습니다.

번역을 마치고 얼마 후, 신문에서 읽은 몇 줄의 칼럼이 오랫동안 저의 마음속에 남아 있습니다.

'누군가를, 혹은 뭔가를 조건없이 사랑하는 것은 우리 삶을 깊게 만들어 줍니다. 비록 해피 엔딩이 아니더라도 순수한 눈물이나 가슴앓이는 우리 자신을 정화해 주니까요.'

이 책이 여러분들의 삶에 작은 「정화」와 「깊이」를 가져다 드릴 수 있기를 바랍니다.

홍 창 미

목 차

1.	살아있는 공룡	8
2.	25도 이상, 40도 이하	22
3.	일찍 일어나 샐러드를 만들어라	35
4.	첫 번째 일주일	50
5.	이 방의 주인은 누구인가	62
6.	단 하루의 기분 나쁜 별명	79
7.	「패 크리니 야부」	88
8.	무섭고도 궁금한 가게	104
9.	끔찍한 기분	121
10.	한밤중은 추워!	136
11.	가장 과학적인 일기	152
12.	숯덩이가 되긴 싫어!	170
13.	초록색 꿈	190
14.	쿠데타	212
15.	가난뱅이가 되다!	234
	저자 후기	253

1. 살아있는 공룡

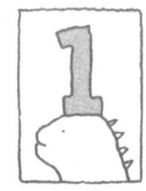

"쥬리 짱, 갖고 왔다아!"

토쿠다 영감이 외쳤다.

"해피 버스데-이! 열두 살!"

토쿠다 영감과 손자인 얼간이 쓰토무는 애지중지하는 새빨간 페라리가 아니라 처음 보는 미니 밴을 타고 왔다.

운전기사 아저씨는 항상 보던 사람인데 하얀 장갑을 낀 채로 차의 트렁크에서 검정색 천으로 된 거대한 스포츠 백을 꺼내 팔에 안았다.

그 가방은 다섯 살 정도 되는 아이가 숨어 들어갈 수 있을 만큼 크고, 넝마처럼 더러워 보였다. 그런데 그놈이 꿈틀꿈틀 움직였다. 아저씨의 팔에서 뛰어내리려는 듯이 심하게 몸부림 치며 날뛰고 있다.

나는 눈과 입을 있는 대로 크게 벌리고 바라보았다.

저 안에 뭐가 들어있을까?

토쿠다 영감은 내게 약속했었다.

생일 선물로 「살아있는 공룡」을 주겠다고.

토쿠다 영감은 친척이다. 아빠의 큰아버지이니까, 나에게는 큰큰아버지? '큰큰' 하고 개가 냄새맡는 소리처럼 부를 수 없으니까 토쿠다 할아범, 토쿠다 영감탱이라고 부른다. 물론 앞에서는 그렇게 말하지 않는다. 어쨌거나 그 인간 앞에서 얌전하게 굴지 않으면 아빠에게 죽도록 혼이 난다. 그 인간의 기분을 거스르면 우리는 「먹고 살기 힘들어지기」 때문이다.

토쿠다 영감은, 아빠가 영어 선생님으로 있는 사립 중학교의 이사장이다. 눈이 돌아갈 만큼 많은 기부금을 내고 학교를 「자기 것」으로 만들어 마음에 들지 않는 선생은 마구마구 잘라 버린다고 한다.

아빠는 친척이지만 방심은 금물이기 때문에, 언제 목이 잘릴지 모른다고 늘 걱정하고 있다. 지금 이 학교에서 쫓겨나면 다른 학교를 찾기란 보통 일이 아니다. '목이 잘린 선생 따위를 반길 학교가 있을 리 없지'라고 아빠는 투덜거리곤 했다. 즉, 아빠는 일이 없어질 테고 월급을 받을 수 없으며 우리 집은 가난해져서 「먹고 살기 힘들어 지는」 것이다.

아빠는 좀더 알기 쉽게 설명해 주었다. 네 용돈은 없다, 간식은 구미 한 가지고, 장난감은 사 줄 수 없다. 텔레비전 게임도 어린이용 워드프로세스도 어린이용 메이크업 세트도 물론 안 되며, 새 옷은 3년에 한 번 뿐이고, 외식은 절대 못 하고 저녁

식사 때 고기도 못 먹고 아침 4시에 일어나서 신문배달을 해 주면 고맙겠다.

이래서야 원!

토쿠다 영감탱이 앞에서 얌전을 떠는 편이 훨씬 편하겠다.

2주 전의 이야기를 해야겠다.

내가 생일날 「살아있는 공룡」을 받기로 약속한 이야기.

그날, 토쿠다 영감은 「개축」한 우리 집을 보러 왔다. 집 전체가 아니라 필요한 곳만 다시 짓는 것을 「개축」이라고 한다던가.

아빠의 아빠가 그 옛날 지은 집은 맛이 가 있었다. 사실 엄마는 전부 부셔버리고 싶었지만 아빠가 돈이 없다면서 반대했다. 아빠와 엄마는 언제나 서로 돈이 없다면서 상대방이 하고 싶어 하는 일을 방해한다. 아빠가 골프를 치러 가고 싶어하면 엄마는 돈이 없어서 안 된다고 한다. 엄마가 새 핸드백을 갖고 싶어하면 아빠는 돈이 없어서 안 된다고 한다. 내가 여름방학 때 하와이에 데려가 달라고 졸랐을 때는 둘에서 목소리를 맞추어 노래하듯이 외쳤다. "돈이 어딨니-?"

정말로 돈이 없는 것이 아니라 그다지 많지 않은 돈을 없애기 싫어한다는 것을 나는 알고 있다. 구두쇠.

그렇게 인색한 부모가 「개축」에는 약간의 사치를 부렸다. 머리를 짜내서 멋진 「썬룸」을 만든 것이다.

2층은 계단을 사이에 두고 방이 두 개 있는데 동향의 6조 짜리 방은 내 방이고 서향의 8조 짜리 방은 아빠와 엄마의 침실이었다. 계단의 남쪽은 창으로 되어 있고 북쪽에 길쭉한 수납 창고가 있었다. 계단의 마루바닥이 벗겨질 것 같고 나무 창틀이 뒤틀려 틈새로 바람이 들이치고 수납 창고의 벽에 곰팡이가 잔뜩 피어서, 그곳을 개축했다.

계단이 있었던 곳이 썬룸으로 변했고, 수납 창고가 있었던 곳이 계단이 되었다. 썬룸은 집의 정면에 쑥 나와 있고 그 아래 1층은 현관 입구가 새로 만들어졌다.

즉, 전보다 집이 넓어진 것이다. 그런 것은 개축이 아니라 증축이라고 해야 한다고 아빠는 으스댔다. 「개」든 「증」이든 상관없지만, 낡은 집이 속만 반짝반짝 새 것이라니 정말 이상하다.

뭐 그건 그렇다고 치고, 썬룸은 괜찮은 방이었다.

남쪽, 동쪽, 서쪽 세 벽의 대부분이 하얀 격자가 들어간 커다란 창으로 되어 있다. 위 아래로 여는 외국풍의 멋진 창이다.

북쪽 벽은 출입구의 오른쪽 전체가 붙박이 선반으로 되어 있다. 바닥은 코르크 마루. 인도면으로 짠 와인색 러그 위에 낮잠용 등의자와 둥근 백목 탁자가 놓여 있다. 그리고 화초가 심어진 16개의 화분들.

아빠는 일광욕을 하면서 낮잠용 등의자에서 좋아하는 책을 읽고, 엄마는 일광욕을 하면서 좋아하는 화초를 가꿀 생각이었다.

썬룸에는 냉난방 겸용 에어컨까지 설치되어 있었다.

"무더운 여름 낮 시간에도, 추운 겨울밤에도 여기서 쾌적하게 지낼 수 있습니다."

"열대 식물이 틀림없이 잘 자랄 거예요. 멋진 온실이죠?"

아빠와 엄마는 토쿠다 영감에게 자랑했다.

"호오 호오. 훌륭해."

토쿠다 영감은 중얼거렸다. 두 사람의 설명에 감탄했다기 보다는 뭔가 다른 것을 생각하고 있는 얼굴이었다. 창을 하나하나 전부 열어서 밖을 내다보기도 하고, 에어컨 리모콘을 눌러보기도 하며 제멋대로 행동하기 시작했다. 물론 아빠와 엄마는 잠자코 있었다.

"흐음 흐음."

토쿠다 영감은 다시 중얼거렸다.

"이 정도면 괜찮을지도 몰라. 그것을 위해 만든 것 같은 장소로군. 훌륭해."

그리고는 갑자기 쥬리 짱, 하며 내 쪽을 돌아보았다.

"공룡을 키워 볼 생각은 없느냐?"

바보 아냐? 라고 말하지 않기 위해 나는 잠자코 있었다. 공룡이 먼 옛날 멸종했다는 것쯤은 갓난아기도 알고 있다.

"이제 곧 생일이로구나."

토쿠다 영감은 아양떠는 듯한 목소리로 말했다.

"어떠냐, 선물로 공룡 같은 거 갖고 싶지 않니?"

봉제인형 따위는 필요 없다구.

"살아있는 거라면 갖고 싶어요."

"물론이고말고!"

토쿠다 영감은 피둥피둥한 뺨을 개구리처럼 부풀리며 웃었다.

뻥쟁이.

그리고 나서 우리는 새끼손가락을 걸어 약속했다. 토쿠다 영감의 손가락은 끈적끈적해서 기분이 나빴지만, 도대체 무엇을 갖고 올 작정인지 재미있어졌다.

토쿠다 영감의 명령으로 내가 먼저 가서 썬룸의 난방을 틀어 놓았다. "후끈후끈하게 해놓아라"라고 했기 때문에 리모콘을 28도에 맞춰 놓았다. 2월이라 해도 남쪽 창에서 들어오는 햇살만으로도 꽤 따뜻한데.

계단에 발소리가 울리고 이윽고 아빠와 운전기사 둘이서 거대한 종이 박스를 무거운 듯이 영차영차하며 옮겨왔다. 뒤이어 엄마가 보통 크기의 종이 박스를 안고 올라온다. 토쿠다 영감은 빈 손. 마지막으로 쓰토무가 꿈틀거리는 검정 스포츠 가방을 양손으로 가슴에 안듯이 하고 비틀거리며 올라왔다.

열 여섯 개의 화분 사이에 두 개의 종이 박스와 여섯 사람이 들어차자 방은 이미 만원이었다.

모두가 쓰토무를 보고 있었다. 아니, 쓰토무가 갖고 있는 「날뛰는 가방」을 보고 있었다.

"그러니까 밤에 하자고 그랬잖아요. 티라는 벌써 패닉 상태에 빠졌다구요. 어떻게 해요."

쓰토무는 기분 나쁜 듯이 중얼거렸다.

"밤에는 볼 일이 있다고 했잖냐. 그딴 놈 실컷 날뛰게 놔 둬."

토쿠다 영감은, 쓰토무의 계집애처럼 예쁘게 굽실거리는 머리카락이 이마에 살짝 늘어진 것을 손으로 넘겨 주었다. 쓰토무는 팩 토라지는 표정을 지었다. 정말로 밥맛없는 녀석이다. 안경 렌즈에 부옇게 김이 서린 것만으로도 죽을 것 같은 얼굴을 하고 있다.

쓰토무는 토쿠다 영감의 거대한 저택에서 아버지, 어머니, 누나, 가정부, 운전기사와 함께 살고 있어서, 언제나 누군가가 몸가짐을 보살펴 주고 있다. 운전기사까지도 말이다. "쓰토무 도련님, 저런, 왼쪽 양말을 좀 당겨 올려 드릴게요."

나와 쓰토무는 친척이지만, 쓰토무는 나를 바보라고 생각하고 있고, 나는 쓰토무를 얼간이라고 생각하고 있으므로 함께 논 적은 한 번도 없다. 오늘은 뭐 하러 온 거지.

쓰토무가 머리카락에 정신을 뺏기고 있는 사이에 검은 스포츠 가방이 팔에서 뛰어내렸다. 털퍼덕, 하고 소리를 내며 떨어져서는 꿈틀꿈틀하고 움직였다.

"앗!" 하고 쓰토무가 외치고, 엄마는 유리를 긁는 듯한 소프라노로 "끼야아아" 하고 소리치고, 그리고 잠시 동안 모두 그 자리에 못 박힌 듯이 가만히 서서 꿈틀꿈틀거리는 스포츠 가방을 바라보고 있었다.

그러자 천에서 얼핏 무언가가 나왔다.

발톱처럼 보였다.

핫 케익 시럽 색깔이다.

누더기의 더러운 가방을 자세히 보니 공기라도 통하게 할 셈인지 여기저기 작은 구멍이 뚫려 있다.

발톱은 그 구멍으로 쑥 나와서 직직 둔한 소리를 내며 구멍을 넓히려 하고 있다.

낡긴 했지만 가방의 천은 꽤 두껍다.

발톱은 힘을 쓰고 있다. 지지지지지-.

굉장하다!

숨을 멈추고 보고 있자니 발톱에 이어 황록색의 발가락 같은 것이 쏙 나왔다. 하나, 둘… 구멍은 이제 상당히 커졌다. 다섯 개! 길고 가는 다섯 개의 발가락!

그리고 나서 통통한 황록색 다리가 쑤욱….

엄마는 썬룸의 유리를 전부 부셔버릴 듯 비명을 지르고, 쓰토무는 조용히 하라고 거품을 물고 떠들고, 운전기사가 슬쩍슬쩍 뒷걸음을 치고, 아빠가 바닥에 엉덩방아를 찧고, 토쿠다 영감은 껄껄거리며 웃었다.

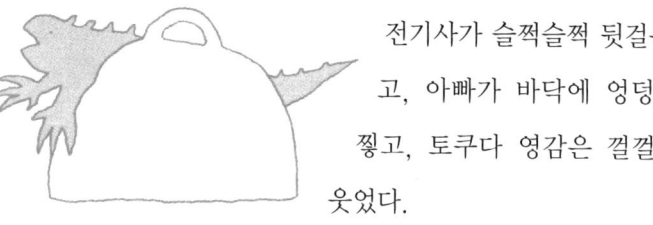

나는 몸 속의 피가 모두 머리로 치솟는 듯한 기분을 느꼈다.

굉-장-하다!

공룡이다!

정말로 「살아있는 공룡」이 있는 것이다! 멸종했다고 여겨졌는데 기적적으로 살아남아 있던 꼬마 종족이 있었던가? 아니면 영화처럼 과학의 힘으로 복제를 했단 말인가?

나는 당황하고 무서웠지만, 그래도, 아무튼, 얼른 내 눈으로 공룡 녀석을 보고 싶었다.

반드시 보고 싶었다.

나는 아무도 손대지 않고 있는 스포츠 가방에 살금살금 다가

갔다. 그리고 지퍼를 있는 힘껏 쫘아악 하고 열었다.

하얀 목욕 타올 위, 황록색의 생물.

진기한 1미터 정도의 공룡.

까만 줄무늬가 있는 가늘고 긴 꼬리, 엄청 긴 꼬리, 몸보다 훨씬 긴 꼬리. 단단한 비늘, 길쭉한 발가락, 튼튼한 턱.

"우웃"

내가 외치고,

"꺄아꺄아꺄아꺄아아꺄아아꺄아아."

엄마가 외치고,

"이쪽으로 온다."

아빠가 낮게 소리치고,

"조용히 해!"

쓰토무가 가장 크게 소리질렀다.

"겁주지 마요. 이 녀석은 겁쟁이라구요."

꼬마 공룡은 스윽스윽 가방에서 기어 나왔다.

입을 크게 벌리고 길고 긴 꼬리를 치켜들고 채찍처럼 휙휙 휘둘렀다. 그리고…

화분들이 잇달아 쓰러졌다. 프리뮬라와 하이비스커스와 포토스가 옆으로 쓰러지고, 큰 벤자민 화분이 휘청휘청 흔들렸다.

공룡은 남쪽 벽을 힘껏 들이받았다. 그래서 더욱 충격을 받았

는지 탁자 주위를 미친 듯이 빙글빙글 싸돌아다니며 멈추지 않았다.

"티라!"

쓰토무가 부르며 천천히 다가갔다.

"티라. 진정해. 괜찮아. 무섭지 않아."

말만 걸 뿐 손은 내밀지 않는다.

역시 위험한 동물인 것이다!

공룡은 전혀 진정되지 않았다. 빙글빙글 도는 것을 멈췄나 싶으면 등의자에 올라타서 등받이를 슥슥 기어 올라가고 꼭대기에서 빙그르르 의자와 함께 기울어졌다. 우와, 떨어진다―하고 생각하려는데 옆에 있는 고무나무의 뻗은 가지를 붙들고 매달렸다.

커다란 고무나무 잎과 가느다란 가지와 꼬마 공룡이 함께 휘청휘청 흔들리다 마침내 함께 털썩, 하고 떨어졌다.

그리고는 움직이지 않았다.

쓰토무는 안아 올리려 하지도 않고 조금 떨어진 곳에 쭈그리고 앉아 빤히 바라보고 있었다.

"죽은 거야?"

내가 묻자,

"그럴 리 없어."

쓰토무는 속삭이듯 대답했다.

"다쳤을지도 몰라. 골치 아프게 됐네."

"너, 무서워서 안 만지는 거야?"

"그렇지 않아."

이번에는 화를 내며 대답했다.

"패닉 상태에 빠졌다고. 이럴 때는 손을 대지 않는 게 좋아. 잠시 진정할 때까지 조용히 놔두는 거야."

"쥬리 짱, 잘 들어 둬라. 이건 꽤나 까다로운 동물이거든."

토쿠다 영감이 말했다.

까다로운지 어쩐지는 모르겠지만 난폭한 건 확실했다. 등의 자가 뒤집어지고 고무나무 가지는 잎을 4장이나 붙인 채로 부

러져서 떨어졌고 프리뮬라 토분은 깨지고 하이비스커스 꽃은 두 송이 떨어져 바닥에 뒹굴고 포스트의 흙은 쏟아져 버렸다.
"그거, 불도 뿜어?"
내가 묻자 쓰토무는 어이가 없다는 듯이 코웃음을 쳤다.
"이게 뭔 줄 알고 그러냐?"
"공룡 아니냐고."
"공룡이 있을 턱이 있냐?"
쓰토무는 귀찮은 듯이 지껄였다.
나는 토쿠다 영감을 쨰려 보았다. 완전히 속임수에 걸려든 것이다.
"이름이 「티라노사우르스」란다."

토쿠다 영감은 조금도 기죽은 기색 없이 빙긋이 웃었다.

"가장 강한 공룡의 이름이지."

이름이라고? 바퀴벌레에「티라노사우르스」라고 이름을 붙여서 성냥갑에 넣어 생일 선물을 해도 그만이겠네. 나는 예의범절도, 가난도 잊고 들은 적도 없는 욕을 열 개 정도 냅다 던져 주려 했다.

"쓰토무는 공룡을 아주 좋아한단다. 그래서 내가 이 이구아나를 얻어왔는데, 이번에 쥬리 짱에게 줄까 하고."

"이구아나?"

나는 욕을 새까맣게 잊어버렸다.

2. 25도 이상, 40도 이하

 한 가족 세 사람은 각자의 「각성제」를 들고 식탁에 앉았다. 엄마는 브랜디 넣은 홍차, 아빠는 홍차 넣은 브랜디. 나는 우유로 만든 코코아.
 ―녹색 이구아나. 생후 일년 반.
 뜨거운 코코아를 불어 식히면서 쓰토무의 교과서를 읽는 듯한 딱딱한 목소리를 떠올렸다.
 ―이구아나란, 도마뱀. 뱀이나 거북이와 같은 파충류. 초식성으로 공격성이 없고 얌전하다. 울지 않는다. 냄새가 없다. 사람을 잘 따른다. 요즘, 단연 인기 있는 애완동물이지.
 토쿠다 영감도 쓰토무도 운전기사도 벌써 돌아갔다. 공룡을 닮아 공룡의 이름이 붙여졌지만 공룡은 아닌 이구아나는 돌아가지 않았다.
 그것은 내 생일을 이용한 불쾌한 사기였다. 더욱 심한 것은 아빠가 그 사기를 전부터 잘 알고 있었다는 것이었다.
 엄마는 홍차를 건드리려고도 하지 않고 히스테리를 일으키고 있었다.

"당신 어떻게 된 거 아니에요? 내가 뱀이나 도마뱀을 너무, 너무, 너무, 너―무 싫어하는 걸 알면서! 싫어요. 싫어. 나는 절대로 못 길러요! 보는 것도 싫어요. 집에 있는 것만으로도 싫어요. 내 예쁘고 소중한 썬룸에 들여놓는 것도 절대로 싫어요!"

아빠는 아무 말도 하지 않고 손으로 칼 모양을 만들어 목 뒤에 가져가서 싹둑 자르는 흉내를 냈다.

"우리가 이구아나를 기르지 않으면 당신 목이 잘린다는 거예요?"

엄마가 소리치듯 묻자 아빠는 그렇다고 대답했다.

"그건 쓰토무가 기르던 이구아나야. 그, 뭐라든가, 시험공부에 바빠서… 그, 뭐랄까. 말하자면 기르는데 싫증난 모양이야."

엄마가 다시 뭔가 소리지를 듯 하는 것을 아빠는 가로막았다.

"그건 말이야, 중요한 이구아나야."

이구아나를 갖고 싶어하는 손자를 위해 토쿠다 영감이 스즈키 박사라는 파충류 전문가로부터 얻은 것이라고 아빠는 설명했다. 스즈키 박사라는 사람은 대단히 훌륭한 사람인데, 토쿠다 영감이 아부하는 사람이다. 얻은 이구아나를 소홀히 다룰 수는 없다. 쓰토무가 싫증이 났다고 해서 버리거나 간단히 남에게 줄 수는 없다.

"아-아."

아빠는 한숨을 쉬었다.

"우리가 썬룸을 만들거나 하지 않았더라면."

자랑스러운 썬룸을 그런 식으로 말하다니, 웃기는 일이었다.

"우리 썬룸은 이구아나를 놓아 기르기에 제격인 장소야. 토쿠다 큰아버지는 스즈키 박사에게 말 할 작정인 거지. -친척 중에 이구아나를 갖고 싶어하는 여자아이가 있고, 그 집에는 마침 이구아나를 위해 만들어진 것 같은 썬룸이 있답니다. 그만 운명이라고 생각하고 양보했습니다. 이구아나는 정말 행복해질 겁니다."

"나는 이구아나를 갖고 싶어하는 여자아이가 아니야."

트집을 잡자, 아빠는 알고 있다고 대답했다. 그런 각본이라는 거야, 라고.

썬룸의 어디가 이구아나에게 제격인지 아빠는 가르쳐 주었다.

우선, 햇볕이 잘 든다는 것.

난방이 되는 에어컨이 있다는 것.

가구가 적은 것.

4조 반 정도의 넓이라는 것.

"이구아나는 남쪽 나라의 동물로 추위에 약해. 항상 25도 이상, 40도 이하의 온도를 유지해야 하는 거지."

"25도 이상, 40도 이하?"

아빠의 말을 엄마가 반복했다.

"그럼 여름에도 굉장히…"

"여름 이외에는 난방을 계속 가동…"

"농담하지 말아요! 전기료가 얼마나 들지 생각해 봤어요?"

"한 달에 오만 엔을 원조해 준댔어."

아빠가 말하자 엄마는 눈을 희번덕거렸다. 오만 엔이 이익인지 손해인지 전혀 알 수 없다는 눈초리였다.

"이구아나는 먹이를 소화시키기 위해 자연의 태양광선-유리를 통과하지 않은 직사광선을 듬뿍 쏘일 필요가 있어. 썬룸의 남쪽 창을 열면 일광욕을 듬뿍 할 수 있지."

"그건!"

엄마는 갈라진 목소리로 비명을 질렀다.

"우리들이 일광욕을 하기 위한 방이에요! 이구아나를 위한 게 아니라구요!"

"게다가."

아빠는 계속했다.

"그 이구아나가 지금은 1미터 정도지만, 점점 성장해서 2미터를 넘는 거대한 도마뱀이 될거야. 그런 덩치를 넉넉히 넣어 둘 우리는 4조 반 정도의 크기가 되어야 하니까 보통 집에서는 어렵지. 말하자면, 이구아나는 놓아기르는 것이 가장 좋아. 그 점에서 썬룸은 바로 4조 반의 우리인 거지. 너무 크지도 않고 너무 작지도 않고 온도 관리도 하기 쉽고 쓸데없는 가구가 없어서 위험도 적고."

엄마는 덜덜 떨기 시작했다.

"2미터가 넘는 거대한 도마뱀?"

떨면서 홍차를 마시려고 하다가 전부 무릎 위로 엎질러 버렸다.

"놓아 기른다고!"

"다음 주 일요일에 토쿠다 큰아버지가 다시 와서 지금 우리 안에 있는 이구아나를 썬룸으로 풀어놓을 거야."

아빠는 엄마가 쏟은 홍차를 보며 얼굴을 찌푸리면서 계속 이야기를 했다.

"요 일주일 동안 우리들은 이구아나를 길들여야 해. 일주일이야."

"근데, 아빠."

나는 말참견을 했다. 아까부터 묻고 싶어서 참을 수가 없었던 것이다.

"어떻게 그렇게 이구아나에 대해서 잘 알고 있어?"

아빠는 거실 탁자 위에서 한 권의 책을 갖고 왔다. 이구아나의 사진이 큼직하게 표지에 실려 있는 책. 일본에서 단 하나 뿐인 이구아나 전문 사육 지침서인데 토쿠다 영감으로부터 받았다고 말했다.

"나는, 나는, 나는 절대로 싫어요."

엄마는 마치 헛소리를 하듯이 중얼거렸다.

"나는, 나는, 나는…"

"나도 싫어!"

아빠가 소리치더니 찻잔의 홍차 넣은 브랜디를 단숨에 벌컥벌컥 마셔 없앴다.

"나 역시 이구아나 같은 거, 전혀 원치 않아! 썬룸에서 느긋하게 책을 읽고 싶지 그런 놈에게 방해받고 싶지 않다고. 그렇지만 어쩔 수가 없잖아! 사람이란 돈이 없으면 살아갈 수가 없으니까!"

그러더니 갑자기 나를 힐끗 노려보았다.

"쥬리가 나빠. 살아있는 공룡을 달라는 소리를 하다니. 나는 바쁘고 엄마는 싫어하니까 쥬리가 돌볼 수밖에 없어."

"싫어. 아빠 나빠. 나는 공룡을 달라고 했지 이구아나를 달라고 하진 않았어."

"억지 쓰지 마."

아빠, 새빨개진 얼굴. 화가 난 걸까? 취한 걸까?

"그건 너의 이구아나야. 네가 신경 써서 돌본다. 알았지!"

나는 다시 한 번 "싫어"라고 분명히 거절하려고 했지만, 아빠의 빨간 얼굴을 보고 망설였다. 맞을지도 모른다.

잘못한 것이 없어도 맞을 수가 있다. 맞는 것은 싫다. 엄마가 내편을 들어줄 것인지 살피려고 얼굴을 보니, 초점 없는 눈으로 멍하니 천정을 바라보고 있다. 안되겠네.

잠자코 있자 아빠는 「이겼다」고 생각한 모양이다. 이구아나 사육 지침서를 휘릭휘릭 넘기기 시작했다.

돌본다면, 뭘 하면 되는 걸까?

먹이 주고, 물 주고?

하지만, 어째서 내가 해야 되는 거지?

이구아나의 불가사의-.

25도 이상, 40도 이하라는 특별한 온도가 아니면 죽어 버린다.

여러 가지 야채로 만든 사치스러운 샐러드를 먹지 않으면 죽어 버린다.

자연 그대로의 햇볕을 쏘이지 않으면 죽어 버린다.

병들거나 다쳐도 대부분의 수의사가 치료 방법을 몰라서 죽어 버린다.

어쨌든, 기르는 사람이 여간 애쓰지 않으면 죽어버리고, 애를 써도 결국은 죽게 되어 있는 것이다.

아빠는 중얼거렸다.

"남쪽 나라의 동물이기 때문이야. 도대체가 그놈의 걸 일본에 갖고 온 게 잘못이지. 네덜란드에서 애완용으로 양식하고 있는 거야. 그런 놈을 기르는 놈의 속을 알 수가 없군. 원산지인 중남미에서는 먹을거리인데. 그런 놈을 먹는 놈의 속도 알 수가 없어."

"죽으면 어떻게 해야 해?"

내가 물었다.

"마당에 묻어? 타지 않는 쓰레기로 분리수거해?"

"기분 나쁜 소리 하지 마!"

엄마가 몸서리를 치면서 말했다.

"그놈이 죽으면 나는 모가지다."

아빠도 몸서리를 치며 말했다.

그리고 나서 아빠는 브랜디에 취해 소파에 누워 잠들어 버렸다. 엄마는 진통제 네 알을 먹고 이층으로 올라가 침대에 누워 잠들어 버렸다.

벌써 저녁이다.

생일날인데 나는 맛있는 음식으로 축하를 받기는커녕 저녁밥도 못 얻어먹게 되었다.

모든 것이 이구아나 때문이다.

가혹한 이야기다.

나는 배를 곯고 화가 났지만 그렇다고 누워서 잠 잘 정도는 아니어서 컵라면을 먹을까, 이구아나를 보러 갈까 생각했다. 컵라면을 먹으면서 이구아나를 보러 가기로 했다.

썬룸은 어두컴컴하고 추웠다.

절대 25도는 아닌 것 같아서 나는 서둘러 에어컨의 난방 스위치를 켰다. 벌써 죽어 버린 것일까? 이구아나 시체의 최초 발견자가 되기는 싫은데.

어두컴컴한 방에 식물온실용 등만이 으스스하니 차갑게 빛나고 있었다. 토쿠다 영감 일행이 거대한 종이 박스에서 꺼내 조립해 놓고 간 이구아나의 집-아빠가 말한 바로는 「우리」였다.

천정의 등을 켜는 것이 무서워서 그대로 발소리를 죽여 남쪽 창가의 온실로 다가갔다.

살짝 안을 들여다본다.

키 큰 유리의 온실은 4단 구조. 철망 선반이 3단으로 들어가 있다. 선반을 반 정도의 크기로 세 면에 설치했고 그 사이로 나뭇가지가 비스듬히 걸쳐 있어서 이구아나가 어디로든 자유롭게

갈 수 있도록 되어 있다.

 이구아나는 가장 높은 나뭇가지에 있었다. 다리로 가지를 껴안고 껌처럼 찰싹 달라붙어 있었다.

 눈을 감고 있다. 전혀 움직이지 않는다.

 자고 있는 걸까?

 죽어 있는 걸까?

 나는 컵라면을 손에 든 채로 나뭇가지 위의 이구아나를 뚫어져라 쳐다보았다.

 이상하네.

 이렇게 커다란 도마뱀이 쉽게 죽어 버린다니 정말로 이상해. 튼튼해 보이는데. 백년이라도 뻔뻔하게 살아갈 것 같은데.

 죽어있는 이구아나는 살아있는 이구아나보다 무서운 것 같았다. 죽었는지 살았는지 알 수 없는 이구아나는 더욱 무서웠다.

 유리를 손가락으로 콕콕 두드려 보았다.

 이구아나는 움직이지 않았다.

 이번에는 유리를 손바닥으로 팡팡하고 요란하게 두드려 보았다. 손만 아플 뿐, 안에 있는 동물은 조금도 움직이지 않았다.

 가슴이 두근두근했다.

 아빠와 엄마를 깨우려고 달려가려는 순간, 이구아나의 길고 긴 꼬리가 약간 움직였다. 맨 아래 선반에 닿을 듯 긴 꼬리. 검

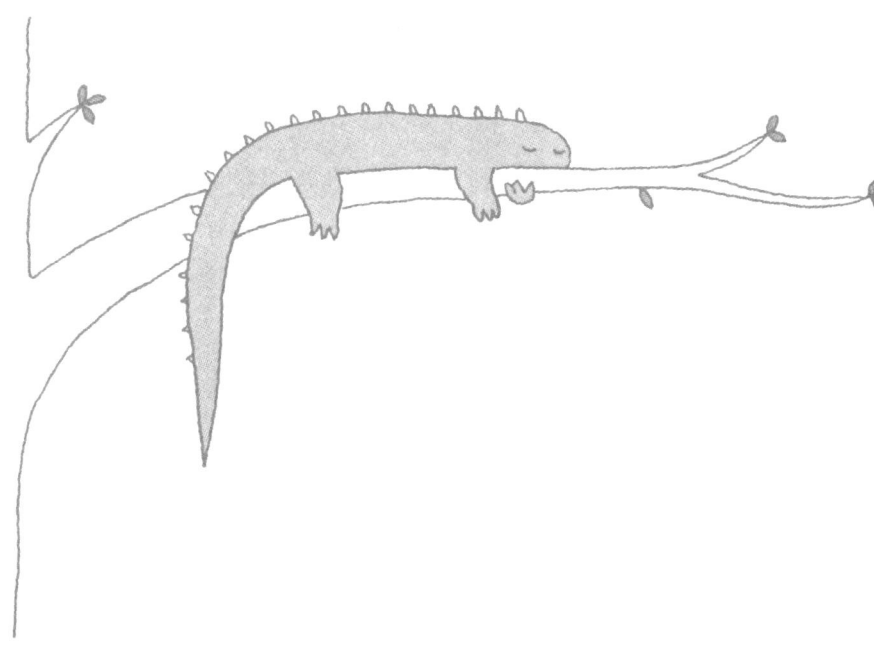

정 줄무늬의 꼬리. 그 꼬리의 끝이 흔들흔들. 조금 있다가 다시 흔들흔들.

나는 크게 한숨을 쉬었다.

살아 있다.

얼간이 쓰토무는 이놈을 일 년 이상이나 잘도 길렀네. 얼간이 주제에.

귀여워해 주었을까. 이제는 싫어진 걸까.

이구아나는 역시 공룡을 닮았다. 울퉁불퉁한 등과 선명한 비늘 튼튼한 턱 언저리. 몸통의 두 배는 될 듯한 길쭉한 줄무늬 꼬리는 뱀 같다. 나뭇가지를 붙들고 있는 통통한 다리는 개구리 같다. 이것이 십 센티 정도의 크기였다면 역시 보통 「도마뱀」인 거네.

나뭇가지에 들러붙어 자고 있으니 꽤 얌전하고 멍청하게 보인다. 최강의 공룡 티라노사우르스는 이 녀석의 이름으로는 들어맞지 않는다. 「티라」 따위는 가당치도 않다. 멍청하고 희한하고 듣도 보도 못한 이름을 지어줘야겠다.

나는 이구아나가 좋은지 싫은지 잘 알 수가 없었다. 엄마 만큼 「싫어!」는 아니지만 생일 선물로 받고 싶은 놈은 절대 아니다. 기르는 것도 절대 사양이다.

등의자에 걸터앉아서 컵라면을 먹고 국물까지 전부 마셔 버렸다. 국물은 식어 빠졌고 면은 불어 있었다.

이구아나는 계속 같은 자세로 깊이 자고 있었다. 태평스러웠다. 주인이 바뀌었는데도, 집이 바뀌었는데도 그것도 모르는 걸까?

이구아나는 바보일까? 고양이보다는 바보 같네. 금붕어보다도 바보일까?

방은 어둡고 따뜻해져 있었다.

나는 에어컨 난방 스위치를 끄고 썬룸을 나왔다.

녀석은 25도 이상 40도 이하의 온실 안에 있다. 온실 밖은 영하지만 별로 개의치 않는 것 같다.

3. 일찍 일어나 샐러드를 만들어라

다음날 아침, 여섯 시도 안 되어 잠이 깼다. 계단에서 너무 시끄러운 말소리가 났기 때문이다.

선잠에 취한 채 비틀비틀 나갔더니 썬룸의 문 앞에서 아빠와 엄마가 무슨 일인지 싸우고 있었다.

"시끄러워…"

나는 중얼거리듯이 말했다.

아빠는 어제 입었던 옷 그대로, 엄마는 속치마에 가운을 걸치고 있었다. 두 사람 모두 어제 저녁부터 잤기 때문에 일찍 일어났구나.

"쥬리!"

아빠는 나를 보자, 하얀 날개를 단 귀여운 천사가 나타난 듯한, 황홀하고 행복한 얼굴이 되었다.

"옳지, 옳지. 잘 일어났다."

일어난 것이 아니지. 깨운 것이지.

"자, 엄마와 함께 이구아나 먹이를 만들어 주렴."

나는 전 속력으로 U턴을 해서 침대로 뛰어들려 했지만, 엄마에게 잠옷자락을 잡혔다.

"싫어. 더 잘래. 나는 요리 못 해."

"배워."

엄마는 공룡도 깜짝 놀랄 듯한 위협적인 목소리로 협박했다.

2월 26일 오전 6시 5분에 이구아나 샐러드를 만드는 것이 어떤 기분인지 한번 시험해 보기 바란다.

아빠는 3년 전에 개축한 식당의 식탁에서 지침서를 읽으면서 콜록콜록 기침을 하고 있었다. 소파에서 자는 바람에 감기에 걸린 것 같았다. 엄마는 벌써 옷을 갈아입었다. 앞치마 끈을 묶으며 너무 힘을 주어서 끈이 떨어져 나갈 것 같았다. 나는 잠옷 위에 스웨터를 걸치고 난방기에 들러붙어서 턱이 떨어져 나갈 듯이 하품을 다섯 번이나 연달아 했다.

아빠가 이구아나 샐러드에 필요한 재료를 계속해서 불러주고, 엄마는 이것도 없다 저것도 없다고 말한다.

"어떻게 우리 집에는 있는 게 없어!"

아빠는 화를 내며 소리질렀다.

"갑자기 말하니 있을 리가 있어욧? 모로헤이야 (마의 일종-옮긴이)며 블루베리 같은 게!"

엄마는 지지 않고 되받아 소리쳤다.

"단호박 정도는 사 놓으면 좋잖아."

"당신은 단호박을 싫어하잖아요! 요전에도 단호박 우유찜을 만들었더니 한 입도 먹지 않고서. 맛있는데…"

"옛날 얘기 하지 마! 아무 것도 없으면 얼른 사 갖고 와!"

"이 시간에 문을 여는 슈퍼가 어디 있어요!"

싸움이 길어질 것 같아서 나는 냉장고를 열고 먹을만한 것을 찾았다. 어제 저녁을 컵라면 하나로 때웠기 때문에 배가 고팠다. 남은 생일 케이크를 발견하고 상자 속에 팽개쳐 둔 칼로 잘라서 계속 떠먹었다.

"쥬리이-!"

엄마가 알아채고 화를 낼 때까지 전체의 4분의 1 정도는 먹어 치웠다.

어째서 이런 식전 아침부터 이구아나의 먹이를 만들어야 하느냐 하면, 바로 사육 지침서에 써 있기 때문이다.-6시 기상, 요리 시작-즉, 이구아나는 먹이를 소화시키는데 무한정 시간이 걸리기 때문에 오전 중에 먹이를 주지 않으면 소화불량을 일으킨다는 것이다. 건방지기는.

엄마는 두 번 다시 이구아나의 얼굴을 보지 않겠다고 신경질적으로 버티고 있기 때문에 나나 아빠가 학교로 가기 전에 먹이를 갖다 주어야만 한다.

"저기, 있잖아. 혹시 매일 6시에 일어나는 거야?"

내가 슬며시 묻자, 아빠는 그렇다고 말했다.

"어린이는 일찍 일어나는 게 좋아. 엄마는 수고스럽지만 쥬리가 샐러드를 혼자서 만들 수 있게 될 때까지 같이 있어 줘."

즉, 자기 혼자만 일어나지 않겠다는 속셈.

"야비해! 야비해! 야비해!"

나는 울면서 소리쳤다.

"전부 아빠가 하면 되잖아. 이구아나를 기르겠다고 결정한 것은 아빠니까!"

"결정한 건 토쿠다 큰아버지야."

아빠는 침착하게 대답했다.

뭐야.

나는 아빠를 싫어하지 않지만 이럴 때는 정말로 싫다. 자기가 얼마나 교활한지 전혀 모르고 있는 것이다.

"샐러드는 엄마가 만들면 되잖아. 샐러드를 만들 때는 이구아나를 보지 않아도 되니까."

나는 이번에는 엄마에게 항의했다.

"하지만 엄마는 아침에 바빠. 식구들 밥이랑, 아빠의 도시락도 싸야 하고 이것저것 할 일이 많아."

엄마는 피곤한 목소리로 말하며 일부러 한숨을 쉬었다.

모두가 교활해! 야비해! 야비해!

"그놈의 이구아나, 죽여 버릴 거야!"

내가 있는 힘껏 소리를 지르자 아빠는 찰싹, 하고 내 따귀를 때렸다.

내가 바닥에 주저앉아 훌쩍훌쩍 울고 있는 동안, 아빠와 엄마는 집에 있는 재료만으로 적당히 샐러드를 만들기 시작했다. 물론 아빠는 손을 대지 않는다. 앉아서 이것저것 말참견을 할 뿐이다.

"얘, 쥬리. 언제까지 울고 있을래. 이것 좀 갖고 가 주라."

엄마는 쓰토무가 놓고 간 고양이용 먹이 그릇을 내게 내밀었다. 안에는 뒤죽박죽 이상한 것이 들어 있었다. 토마토며 오이며 치즈며 빵조각과 통조림 양송이.

여기서 이걸 받아들이면 나는 지는 것이다. 하지만 싫다고 말했다가는 분명히 한 번 더 맞는다.

"쥬리?"

엄마는 조금 상냥한 목소리로 말했다.

"부탁해."

"갖다주기만 할 거야."

나는 아주 낮게 기분 나쁜 목소리로 말했다.

"만드는 건 싫어."

질쏘냐.

"자, 천천히 하자꾸나."

엄마는 아기를 달래듯이 다정하게 말했다.

"틀림없이 재미있을 거야. 쥬리도 슬슬 요리를 배울 나이잖니."

보통 여자아이들은 마들렌느라든가, 삼각주먹밥이라든가 그런 것부터 시작한다.

이구아나 샐러드로 요리를 배우는 여자애란 세상에서 나 혼자 뿐이라고.

아무도 따라와 주지 않았기 때문에 먹이 그릇을 들고 혼자서 터벅터벅 계단을 올라갔다.

썬룸의 문을 열었더니 이구아나는 오늘 아침에도 아직 살아 있다. 온실 바닥의 구석에 놓아둔 신문지 위에서 부시럭부시럭거리고 있다. 똥이라도 누고 있는 것인가. 싫다. 기분 나쁘다. 어차피 내가 치우지 않으면 안 되겠구나.

쓰토무가 어째서 내게 사기를 치면서까지 이구아나를 떠맡겼는지 점점 이해가 되었다. 매일 아침 여섯 시에 일어나서 샐러드를 만들고 똥을 치우고 그리고-으휴, 이미 그것만으로도 충분하다!

이구아나는 내 기척을 알아채자 나뭇가지를 건너타고 온실 맨 꼭대기까지 후다닥 도망쳤다.

"아아, 싫다, 싫어."

나는 이구아나를 향해 소리쳤다.

"너 같은 놈, 정말 싫어. 야다몽(싫어). 야다몽(싫어)."

야다몽…

그것은 나의 입버릇이었다. 지금은 그다지 자주 말하지 않지만 어릴 때에는 무엇에 관해서든 "야다몽"을 연발했던 모양이다.

-쥬리 짱, 코 자자.

-야다몽!

-쥬리 짱, 산책 나갈까?

-야다몽!

-쥬리 짱이 제일 좋아하는 푸딩이네.

-야다몽!

세살 무렵의 나는 "야다몽"이라고 말하기 위해 좋아하는 푸딩도 참았던 모양이다.

"그래. 네 이름을 정했어."

나는 이구아나에게 손가락을 들이댔다.

"야.다.몽."

이구아나는 입을 쩍 벌리고 꼬리를 휘둘렀다. 이름이 마음에 들지 않는 모양이다.

하지만, 정했다.

너는 오늘부터 「야다몽」이다.

이구아나 야다몽은 온실 안에서 야단법석을 떨며 위로 아래로 운동회를 하고 있었다. 유리에 맹렬한 박치기를 먹이며 선반에서 미끄러져 아래로 떨어지고 그래도 기죽지 않고 다시 아래에서 위로. 위에서 아래로.

건강하게 운동을 하고 있다기 보다는 마치 반항을 하고 있는 것 같다. 어제 우리 집에 도착했을 때 방안을 싸돌아다니며 날뛰었을 때의 느낌과 비슷하다. 쓰토무가 뭐라 그랬더라? 패닉?

내가 온실 앞에 서서 "너는 야다몽"을 스무 번 정도 외치면서 손가락으로 권총을 만들어 쏘는 시늉을 해 보인 것이 싫은 걸까.

언제까지 할 생각이지?

지겹다. 어떻게 하지?

이래서는 온실의 슬라이드 유리를 열어서 먹이를 주거나 할 수가 없다.

곤란해 하고 있는데 방문이 열리는 소리가 나고, "왜 그래? 언제까지 그러고 있을래? 뭘 하고 있어?"라는 아빠의 커다란 목소리가 들렸다.

이구아나 야다몽은 점점 겁을 내며 유리를 깨부술 듯 박치기를 한다.

아빠는 내 옆에 나란히 서서

"응? 뭐 해?"

낮게, 약간 겁에 질린 목소리로 물었다.

"별로오-"

나는 대답했다.

"이 녀석의 이름을 정했어.「야댜몽」. 그걸 말해 줬더니 화내는 거야."

"바보같기는."

그 말을 이구아나에게 한 것인지, 내게 한 것인지, 알 수 없었다.

"저거 괜찮을까? 다치는 거 아냐? 꺼내 놓는 편이 나으려나?"

아빠가 중얼거리기에 지침서에 뭐라고 써 있느냐고 물었더니, "얼른 보고 올게"라며 서둘러 방을 나갔다.

나도 도망치고 싶었다.

패닉이 된 이구아나는 무서웠다. 스스로 자기를 때려 부술 듯하다. 유리를 깨부수고 나를 깨부수러 나올 듯하다.

쓰윽 뒤로 물러나 문고리에 손을 대고 언제라도 도망칠 준비를 했다. 가만히 숨을 죽이고 때때로 곁눈질로 이구아나를 보았다.

얼마 후, 놈은 조금 진정이 되어 그 끔찍한 박치기를 멈추고 꼭대기의 돌 모양 히터 위에서 꼬리를 휘두르고만 있게 되었다.

문고리가 짤깍짤깍 거렸다. 나는 몸을 옆으로 비켜서 아빠를 들어오게 했다.

"진정할 때까지 내버려 두는 거야."

아빠는 겨우 알아들을 수 있을 만큼 작은 목소리로 속삭였다. 말 안 해도 그렇게 하고 있다.

"말을 걸거나 몸을 건드리거나 하면 안돼. 특히 손을 보이지 마. 손을 무서워하나 봐."

"알았어-."

아빠와 나는 문간에 나란히 서서 꼼짝하지 않고 나무토막처럼 서 있었다.

5분 정도 지나자, 이구아나는 꼬리 휘두르는 것을 멈췄다.

"자, 가라. 쥬리."

아빠는 속삭였다.

"천천히 움직여. 슬로우 모션으로, 천천히, 천천히 그 먹이를 넣어주고 와."

"알았어-."

나는 발끝을 들고 살금살금 온실로 다가가 이구아와 눈이 마주치지 않도록 아래쪽 슬라이드 유리를 1미리 씩 열어서 먹이 그릇을 안에 넣었다.

놈은 위에서 꼼짝하지 않고 있었다.

아이고, 이런.

겁쟁이에 바보에 얼간이인 이구아나 야다몽이 식사하시는 광경을 볼 수는 없었다.

벌써 학교 갈 시간이었다.

학교에서는 점심 시간에 메구 짱과 사유리 짱이 하루 늦은 생일 선물을 주었다. 물론 이구아나는 아니었다. 꽃향기가 나는 편지지 세트와 레몬색 장갑.

메구 짱이 다른 선물은 뭘 받았는지 알고 싶어했기 때문에 아빠와 엄마가 무릎 아래까지 내려오는 검정색 오리털 코트를 사주었다는 이야기를 했다.

이구아나를 받은 것은 말하지 않았다. 사유리 짱으로 말하자면 3센티 정도의 도마뱀이라도 기절해 버릴 것 같은 연약한 여자애다.

나도 그런 스타일로 태어났어야 했다.

야다몽은, 정확히 잰 것은 아니지만 1미터는 된다. 몸이 30센티, 꼬리가 70센티? 체중은 얼마나 될까? 묵직한 왕도마뱀의 몸을 안는 상상을 하자, 나도 살짝 기절을 할 수 있을 것 같은 느낌이 들었다.

애들아, 들어봐. 나, 1미터나 되는 이구아나를 기르고 있다-라고, 온 교실에 들릴 만한 목소리로 말해 보면 어떨까? 여자애들은 모두 기절해 버릴까? 남자애들은 짱이다, 라고 말할까? 꽤 돋보이겠지. 재미있을 것 같아. 하지만 이상한 애로 찍히면, 최악이야.

창가의 맨 뒷자리에 앉는 히다카 군을 살짝 훔쳐보았다. 조그맣게 휘파람을 불면서 다리를 꼬아 흔들며 카토 군과 팔씨름을 하고 있다.

히타카 군은 이상한 녀석이다. 6월에 전학을 오기 전까지 3년이나 미국에서 살았다는데, 누군가가 "영어로 한번 말해 봐"라고 말하자 "이야 (year의 일본식 발음, 일본어로 '아니' '싫은'의 뜻도 있다-옮긴이), 그것은 나이. 노-, 그것은 머리"(노-는 한자 腦의 일본 발음으로 머리라는 뜻도 있다-옮긴이)라며 장난만 친다. 아주 쿨한 얼굴로 말한다.

메구 짱은 히타카 군이 여우를 닮았다고 하고. 사유리 짱은

가자미를 닮았다고 하지만, 나는 정말 잘 생겼다고 생각한다.

히타카 군은 이상한 녀석이기는 하지만, 히타카 군이 나를 이상한 여자애라고 생각하는 것은 싫다. 이구아나를 기르고 있다는 걸 알리고 싶지 않다.

그러니까 비밀. 누구에게도 비밀.

학교에서 돌아와 썬룸에 갔더니 야다몽은 온실의 돌 모양 히터 위에서 자고 있었다. 먹이그릇은 텅 비어 있었다. 바닥에 있던 신문지 위에는 거무튀튀한 녹색의 5센티 정도 되는 똥이 있었다. 먹고, 내보냈구나, 라고 생각했다. 이상한 느낌이 들었다. 도마뱀이 인간과 같은 것을 먹는 것도, 잔뜩 똥을 누는 것도 이상하다.

야다몽을 깨우지 않도록 주의를 하면서 살짝 유리문을 열었다. 먹이 그릇을 꺼낸다. 이번에는 반대쪽을 열고 신문지를 꺼내 보지 않으려고 애쓰면서 뭉쳐놓고 새 것을 깔았다. 바스락바스락 소리가 났다.

이구아나는 눈을 떴다.

나는 반사적으로 움직임을 멈췄다.

눈이 있었다.

나의 손은 아직 온실 속에 들어가 있고 지금 패닉을 일으키면 정말 큰일이라고 생각했다.

야다몽은 가만히 나를 바라보고 있었다. 언제까지나 언제까지나 바라보고 있었다. 높은 곳에 있는 1미터 짜리 황록색 도마뱀으로부터 오랫동안 눈길을 받는다는 것은, 뭐라 말할 수 없이 묘한 기분이었다.

나는 움직일 수 없었고, 이구아나는 움직이지 않았다. 계속 눈싸움을 하고 있자니 발가락 끝이 지릿지릿 저려오기 시작했다.

또렷한 눈꺼풀은 사람과 비슷한 모습이고 눈동자는 까맣고 동그랗다. 꽤 귀엽다.

저 녀석, 뭘 생각하고 있는 거지?

이구아나는 단지 멍하니 거기에 있을 뿐인지도 모른다. 내가 좋은 놈인지, 나쁜 놈인지 관찰하고 있는 건지도 모른다. 이상한 마법에 걸려 있는 건지도 모른다.

 어느 사이엔가 방은 어두컴컴해져 있고, 어느 사이엔가 야다몽의 눈은 감겨져 있고 어느 사이엔가 내 다리는 완벽하게 저리고 있었다.

 이구아나를 기르는 일은 정말로 희한한 일이라고 생각했다.

4. 첫 번째 일주일

이번 일 주일 동안 할 일은 어쨌든 이구아나와 새 주인이 서로를 「길들이는」 일이었다.

야다몽은 사람에게 잘 「길들여진」 이구아나이긴 하지만, 그것은 토쿠다 집안 사람들에 대해서지, 우리 고타케 집안 사람에 대해서는 아니었다.

그렇기 때문에, 아빠도 결국은 6시 기상이다. 이구아나를 「길들이는」 것은 어쨌든 오랜 시간 얼굴을 익히는 것. 아빠가 귀가하는 시간에 야다몽은 이미 잠들어 있으니까 「길들이는」 시간은 아침밖에 없다.

자, 여섯 시. 모두가 죽고 싶은 얼굴을 하고 어슬렁어슬렁 부엌으로 모인다. 이구아나 샐러드 요리 시작.

지침서에 나와 있는 메뉴를 그대로 만들기로 한다. 아빠는 소파에 드러누워 한가한 듯 부엌을 바라보고 있다. 엄마는 지침서를 보면서 내게 이거 해라 저거 해라 명령을 한다. 나는 명령대로 하려고는 하지만 좀체로 잘 안 되어서 우왕좌왕한다.

우선, 푸른 채소(잔솔잎이나 청경채나 모로헤이야 잎)를 적당한 크기(10센티 정도?)로 뜯어서 물로 잘 씻고 먹이 접시에 깐다. 덧붙여 말하자면 잔솔잎과 청경채와 모로헤이야 잎은 이파리의 형태도 크기도 전혀 다르다. 잔솔잎과 청경채를 두 가지 다 줄 때는 각각을 2, 3장씩 넣고, 모로헤이야 잎만 줄 때는 8장 정도 쓴다. 이것은 간단하다.

다음으로 냄비에 물을 끓여서 냉동 단호박과 가지콩을 삶는다. 거품이 부글부글 생기면, 성에가 서려 차가우면서 얇게 썰려 있는 단호박을 3개 정도 집어넣는데, 살짝 넣지 않으면 뜨거운 물이 손가락에 튀어서 아프다. 조금 있다가 이번에는 가지콩을 7개 정도 넣는다. 단호박을 쇠꼬챙이로 찔러 보아서 쑥 들어갈 때까지 삶는다.

삶는 동안에 토마토와 오이를 자른다. 이게 귀찮다. 칼이 말을 듣지 않는다. 토마토는 잘라지지 않고 물컹물컹 물크러지고 오이를 누르고 있는 왼손의 손가락은 아무래도 싹둑 자르고 싶어진다. 정말 못 봐 주겠네, 하고 엄마는 말한다. 그러면서 내 옆에 들러붙어서 눈을 있는 대로 크게 뜨고 보고 있다. 끔찍한 것이 보고 싶은 것인지도 모르겠다.

다 삶아지면 단호박도 조금 더 잘게 자른다.

푸른 채소를 깔아 놓은 먹이 그릇에 단호박, 가지콩, 토마토,

오이를 넣는다.

냉동 블루베리 한 주먹을 작은 접시에 담아 전자렌지로 해동한다. 양송이 통조림을 따서 3분의 1정도 넣는다. 건포도를 8개 정도 넣는다.

이것으로 완성.

첫날은 한 시간이 걸렸다. 나도 엄마도 녹초가 되었다. 아빠는 도중에 잠들어 버렸다.

고양이 사료처럼 좌르르 접시에 쏟아 주기만 하면 되는 간단한 이구아나 밥은 없을까, 하고 아빠에게 물었다. 있을지도 모르겠지만 신선한 야채를 듬뿍 먹지 않으면 녀석은 죽고 말거야, 라고 아빠는 대답했다.

중남미에서 태어나는 보통 이구아나는 나무 위에서 살며 나뭇잎을 먹고 살아간다. 실컷 태양광선을 쪼이고 더운 기온에서 천천히 그 잎을 소화시킨다. 일본에서 애완용으로 기르고 있는

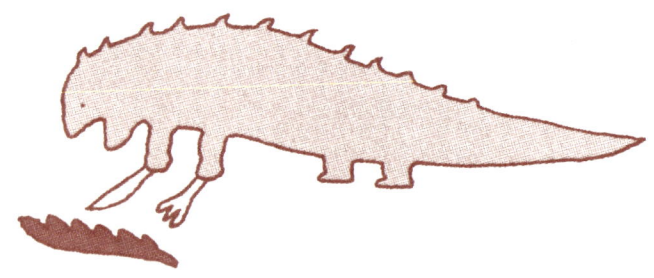

이구아나도 될 수 있는 한 비슷한 환경을 만들어 주지 않으면 안 된다, 라고 아빠는 말했다.

그것이, 바로 이구아나 샐러드이고, 25도 이상 40도 이하의 온도이고, 햇살이 잘 드는 썬룸이라는 것이다.

매일 아침, 온실에 먹이를 넣어 준 뒤 야다몽이 샐러드 먹는 것을 나와 아빠는 바닥에 앉아서 일편단심, 물끄러미 바라보고 있다. 다 먹은 뒤에도 마냥 바라보고 있다.

「길들인다」는 것은, 너무나 멍청한 짓이었다. 천천히 걷는 것도, 온실을 문을 살짝 여는 것도, 돌처럼 움직이지 않고 있는 것도, 나는 싫었다. 그 왕도마뱀을 놀래켜주고 싶어서 근질근질했다. 아빠만 없었더라면 분명히 온실 앞에서 마사이족 전사의 춤이나, 라디오 국민체조라도 해보였음에 틀림없다.

둘째 날 아침, 야다몽은 야단법석 대운동회를 하지 않았다.

셋째 날 아침은 유리에 박치기하는 것을 멈추었다.

넷째 날 아침은 꼬리를 휘두르지 않게 되었다.

다섯째 날 아침은 초롱초롱한 검은 눈동자로 얌전하게 이쪽을 바라보며 먹이를 빨리 먹고 싶은 듯한 표정을 지어 보였다.

그 다섯째 날 아침에는 내 양손에 총 4개의 반창고가 붙어 있었다. 데인 상처가 하나. 칼에 베인 상처가 세 개.

아빠와 엄마는 매일 아침 똑같은 싸움을 한다. 아빠는 엄마도 「이구아나 길들이기」를 해야 한다고 하고, 엄마는 그 짓을 하느니 욕조에 투신 자살을 하는 쪽이 낫다고 한다.

엄마는 정말로 이구아나를 무서워했다. 소중하고 소중한 열여섯 개의 화분에 물을 주러 가는 일도 할 수 없었다. 당연히 그 일은 내게로 돌아왔다. 너무나 귀찮다. 무엇 무엇은 잎에 물을 뿌리면 안 되고, 무엇 무엇은 잎에 스프레이를 해 주어야 한다든가, 누렇게 뜬 잎을 뜯으라느니, 프리뮬라에 비료를 주라느니, 카란코에 잎의 곰팡이병은 어떻냐느니, 덴드로비움은 아직 꽃이 피어있는지 새싹은 나와 있는지-아아, 시끄럽다. 왕도마뱀 한 마리만으로도 할 일이 태산 같은데, 열여섯 개의 화분까지 덤으로 딸려온다.

다섯째 날 아침에 나는 엄마에게 이젠 더 이상 싫다고 말했다. 꽃을 말려죽이기 싫으면 엄마 스스로 돌보라고.

"미안하게 생각하고 있어. 하지만 쥬리."

엄마는 내 어깨를 양손으로 움켜쥐었다.

"이제 곧 이구아나는 저기서 「뻗대고」 있게 되잖니? 정말 못 해. 나 기절해 버릴 거야. 정말이야."

「뻗대다」라는 말은 멋진 말이었다. 놓아기른다는 말보다, 확 느낌이 온다.

하긴 야다몽이 썬룸에서 「뻗대고」 있으면서 발 언저리를 왔다갔다하고 있는데, 엄마가 꽃에 물을 줄 수 있으리라고는 생각되지 않았다. 하지만, 나라고 좋겠는가.

  꽃뿐만이 아니다. 야다몽이 발 밑에서 왔다 갔다 하고 있는데 먹이를 주거나 똥을 치우는 일을 할 수 있을까. 아빠에게 그렇게 말하자,

  "슬슬 단계를 업그레이드 시켜야겠군."

  그렇게 알 수 없는 말을 중얼거렸다.

  아빠의 설명에 의하면, 「이구아나 길들이기」에는 세 단계가 있다. 1단계는 이구아나가 사람을 보고 패닉을 일으키지 않게 되는 것. 2단계는 사람의 손을 무서워하지 않게 되는 것. 3단계는 사람의 손에 올라 앉는 것.

  문조(애완용으로 키우는 작은새-옮긴이)도 아니고 그렇게 큰 놈이 어떻게 손에 올라 앉느냐고 묻자, 이구아나도 갓 태어났을 때에는 보통 도마뱀처럼 작다고 아빠는 대답했다.

  "야다몽은 쓰토무가 3단계까지 잘 길들인 이구아나일 거야. 그러니까 우리도 놀래키지만 않으면 손이나 어깨에 잘 앉힐 수 있을 거야."

  야다몽을 손이나 어깨에 앉히고 싶은 생각은 전혀 없었다.

하지만 금요일 아침, 올 것이 오고야 말았다. 아빠는 먹이를 평소처럼 온실에 넣어주기 전에 그것을 시험해 보자고 말했던 것이다.

"자, 쥬리, 그 잎사귀를 말야, 손으로 놈에게 먹여 봐."
아빠는 먹이 접시 안의 잔솔잎을 손가락으로 가리켰다.
"뭐-? 나보고 하라고?"
"네 이구아나잖아?"
"아니야. 내 게 아니야. 나는 사기당했을 뿐이라구."
이 싸움은 벌써 몇 번째인지 모른다. 앞으로 몇 번을 더 하게 될지도 모른다.
"아빠가 시범을 보여줘."
"네가 못한다니 말이 되냐?"
두 사람은 서로 팽팽하게 노려보았다.

야다몽은 먹이를 빨리 먹고 싶은지 온실 바닥에 내려와서 유리를 발톱으로 박박 긁고 있었다.

 "봐, 먹고 싶어 하잖아. 줘."

 "봐, 먹고 싶어 하잖아. 줘."

 나는 아빠를 그대로 흉내냈다.

 두 사람은 또다시 서로 팽팽하게 노려보았다.

 맞는 거 아닌가 싶었다. 맞아도 물러서지 않을 작정이었다.

 아빠와 나는 잔솔잎을 하나씩 손에 들었다. 그리고 온실의 유리문을 양쪽에서 같은 정도로 열고 오른쪽과 왼쪽에서 각자 내밀어 보았다.

 야다몽은 한가운데 쯤에 있었는데 몸의 방향이 왼쪽을 향하고 있었다. 가위바위보에서 진 내가 왼쪽에서 이파리를 내밀고 있었다.

 가슴이 두근두근 했다.

 이구아나는 턱이 무섭다. 비늘이 굉장히 실감나게 선명하고, 특별히 한 개만 커다란 것이 있다. 그리고 턱 아래에는 뷰렛이라던가 하는 목주머니가 늘어져 있다. 과연 왕도마뱀이라는 느낌. 아무 데서나 볼 수 있는 동물이 아니다.

 그 턱이 내 쪽으로 스스슥 다가왔다. 우우웃, 무서워. 입이 쩌억 하고 벌어지고 잔솔잎이 줄줄 끌려 들어갔다.

오오옷. 나는 손을 먹히지 않도록 서둘러 빼내려 했다. 그 순간 천천히 해야 한다는 것을 떠올렸다. 손가락을 떼자, 잔솔잎은 이구아나의 목으로 빨려 들어간다.

"잘-했어!"

아빠는 말했다. 아빠는 너무도 치사하게, 벌써 이파리를 먹이 접시에 놔두고 온실에서 떨어져 있다.

"이번에는 말야, 마찬가지로 이파리를 주고 물면 슬슬 앞으로 잡아당겨 봐."

아빠가 말한 대로 하자, 야다몽은 끌리듯이 온실에서 쑤욱 나왔다. 목이, 몸통이, 긴 꼬리가! 우와아!

나는 문까지 내빼려고 했다.

"자, 쥬리."

아빠는 내게 또 이파리를 건넸다.

"하나 더 해 보자. 이번에는 이파리를 들지 않은 그 왼손으로 말이야, 이구아나의 턱을 만지면서 거기서 서서히 가슴 쪽까지 밀어 넣어 보는 거야."

턱을 만진다고? 그 무서운 턱을? 가슴까지 손을 넣는다고? 손이 무사하리라고 아빠는 약속할 수 있나?

"그건, 내일 안 할래?"

"내일? 내일까지 놈을 우리에서 나온 채로 내버려 둘 작정이냐?"

야다몽은 나와 버렸기 때문에 우리 안으로 들여보내야 한다. 안으로 들여보내기 위해서는 녀석을 만지지 않을 수 없었다.

왜, 내가?

야다몽은 내 기분 같은 것은 상관없이 얼른 잔솔잎을 물었다. 왼손 손가락 끝으로 그 겁나는 턱을 살짝 건드렸다. 녀석은 잔솔잎에 몰두해 있었다. 만지고 있는 것을 아는지 모르는지 알 수 없었다.

숨이 막히고 내 몸은 긴장으로 덜덜 떨리고 있었다.

턱이 딱딱하네. 굉장하다. 움직임이 느껴지네. 오, 이상한 기분.

아빠가 또 하나의 잔솔잎을 건네주었기 때문에 오른손으로 잔솔잎 먹이를 주면서 왼손을 조금씩 가슴 쪽으로 미끄러트려 갔다.

무서워. 무서워. 무서워.

이구아나의 피부는 딱딱하고 말라서 거칠거칠하고 따뜻하다.

"왼손을 들어올리듯이 해봐. 이파리를 쥔 손은 앞으로 잡아당기고."

아빠가 말한다.

"뭐라고?"

한 번 더 듣고 해 보았더니, 야다몽은 나의 팔꿈치 쪽으로 어슬렁어슬렁 올라왔다.

등골이 오싹했다. 소름이 돋았다.

무섭다. 무섭다, 무섭다.

그리고 아프다. 발톱이 너무 아프다.

야다몽을 바닥에 내팽겨칠 것만 같았다. 내동댕이치지 않은 것은 무서움에 몸이 덜덜 떨려서 제대로 움직여지지 않았기 때문이다.

"3단계, 성공!"

아빠는 만족한 듯이 말했다.

밉살스럽다.

나는 헐떡헐떡 거친 숨을 몰아쉬었다.

"제발, 이걸 어떻게 좀 떼어내 줘."

아빠는 먹이 접시를 야다몽의 코 끝에 갖다대더니 꾀듯이 흔들어 온실 안으로 집어넣었다. 나는 왕도마뱀이 들러붙어 있는 왼쪽 팔꿈치를 온실 입구로 가져 갔다.

야다몽은 팔꿈치에서 떨어졌다. 먹이 접시를 향해 갔다.

100미터 달리기를 전력 질주한 것처럼 심장이 쾅쾅 거렸다.

토요일 아침에 같은 일을 또 한번 했다.

아빠는 치사하게 한 번도 하려고 하지 않고, 명령만 하고 있었다.

나는 이제 상처투성이다.

손뿐만 아니라, 팔과 팔꿈치까지 상처투성이다.

야다몽의 발톱에 할퀴어서 피가 맺히고 상처가 난 자리에서 피가 베어 나왔다. 엄마는 이구아나의 발톱에 독이 있으면 큰일이니까 병원에 가라고 야단이다. 아빠는 그런 것은 지침서에 나와 있지 않으니까 괜찮다고 말한다. 그동안에, 야다몽의 발톱을 자르면 된다고 적당히 위로를 한다.

그동안이 언제야?

내일이면 야다몽은 온실에서 나와 썬룸에 「뻗대고」 있게 된다고.

5. 이 방의 주인은 누구인가?

일요일, 토쿠다 영감 일행이 아침 9시에 현관 벨을 울렸다. 그렇게 일찍 오리라고는 생각지 않았기 때문에 우리는 모두 깊은 잠에 빠져 있었다. 그도 그럴 것이, 월요일부터 토요일까지 6시 기상이었던 것이다. 오늘 만큼은 학교에 안 가도 되니까 늦잠을 잘 수 있겠구나 생각했는데. 정말 질렸다!

아빠와 엄마는 패닉을 일으켰다. 당황해 허둥거리며 옷을 갈아입고 아양을 떨다가 뜬금없이 뛰어다니고 차를 끓이겠다며 컵을 떨어뜨려 깨고.

토쿠다 영감은 심술궂은 쬐끄만 눈으로 아빠와 엄마를 재미있다는 듯이 바라보고 있었다.

"아직 티라에게 밥도 안 준거야?"

쓰토무도 안경 낀 눈을 심술궂게 찡그리며 물었다.

너무하다. 이구아나를 떠맡기는 것만으로는 부족해서 우리들을 들볶으며 즐기고 있다.

토쿠다 영감과 쓰토무는 거실 소파에 푹신하게 앉아서 내가 이구아나 샐러드 만드는 것을 관찰했다.

"요즘은 여자애들이 4살 정도만 돼도 혼자서 요리를 잘도 하던데."

나의 어눌한 손놀림을 보고 쓰토무는 기다리고 있었다는 듯이 빈정거렸다.

"이구아나 먹이는 네가 만들었었냐?" 내가 물었다. 쓰토무는 "물론"이라며 냉랭하게 대답하고, 잘난 듯이 안경을 치켜 올려 보였다. 부엌칼을 날려 줄까 했다.

샐러드를 갖고 모두 썬룸으로 갔다. 엄마라고 피할 수는 없었다.

쓰토무가 온실의 유리문을 열고 손을 안으로 밀어 넣자, 야다몽은 팔을 타고 오르더니 스륵스륵 어깨에 올라탔다. 쓰토무는 어떠냐는 듯한 얼굴로 나를 본다. 화내면 지는 것이라는 걸 알지만, 머리로 무언가가 확 치밀어 오른다. 바보 같은 도마뱀. 자기를 버린 녀석을 따르다니.

"그래, 이구아나 군은 얼마나 이 집 식구들에게 길들었나?" 토쿠다 영감은 밉살맞은 말투로 말했다.

아빠는 즉석시험이라도 보게 된 양 오싹한 얼굴이 되었다. 엄마는 유령처럼 파랗게 질려있었다. 무엇보다도 「뻗대고」 있는 야다몽이 바로 옆에 있고, 엄마도 테스트를 받는 곤경에 처할지

도 모르는 것이다.

나는 먹이 그릇에서 청경채를 집어들고 쓰토무의 어깨에 앉아 있는 야다몽에게 내밀었다. 녀석은 잠시 생각을 하고 나서, 아구아구 먹었다. 항상 한 번 생각한다. 마치 먹을까 말까 망설이듯이. 독인지 아닌지 확인하듯이.

야다몽에게 청경채 세 이파리를 먹이고서 나는 녀석의 턱 밑에 오른손을, 엉덩이 밑에 왼 손을 밀어넣고 쓰토무의 어깨에서 안아 내리려 했다. 발톱이 피를 낼 만큼 팔에 파고든다. 아얏. 엉겁결에 발톱의 주인을 바닥에 내동댕이쳐 버린다.

"어어어!"

쓰토무가 외쳤다.

"너무해, 너무해."

하지만, 야다몽은 태연하다. 챠각챠각 재빠르게 바닥을 기더니 엄마의 발밑으로 간다. 큰일났다고 생각함과 동시에 엄마의 소프라노 비명이 방안 가득 울려 펴졌다. 꺄-아- 꺄-아- 꺄-아-악! 문으로 뛰쳐나가는 엄마의 뒷모습.

토쿠다 영감은 재미있다는 듯이 뚱땡이 배를 끌어안고 정신없이 웃었다.

"참, 잘도 길들였구먼. 훌륭해."

심한 비웃음을 당한 아빠는 홍당무처럼 얼굴이 빨개졌다.

한차례 소동을 겪은 후에, 차에서 기다리고 있던 운전기사가 와서 썬룸「공사」를 시작했다. 썬룸을 이구아나가 있기 편하도록 다시 만드는 것이었다.

우선, 온실을 동쪽 창가로 옮기고 오른쪽 창가에는 「정글짐」을 조립해서 세웠다.

정글짐은, 온실을 더욱 크게 하고 주위의 유리를 없앤 것 같은 효과를 냈다. 몇 개의 철망 선반이 금속 기둥에 짜 맞춰져서 바닥에서 천정까지 닿아 있다. 선반에는 나뭇가지며 화분이며 작은 난방기구 등이 놓여져 있다. 이구아나용 조명기구나 온도계도 설치되었다.

정글짐의 옆에는 열대어용 수족관이 놓여졌다.

그리고, 깜짝 놀란 것은 천정 가까이 벽을 따라 빙 둘러 해먹 같은 검은 그물이 둘러쳐진 것. 보통 해먹보다는 폭이 좁아 이구아나의 크기에 맞춰져 있었다.

"이구아나는 나무 위에서 생활하는 동물이기 때문에 높은 곳에 올라가고 싶어하는 본능이 있어. 이렇게 그물을 쳐 놓으면, 좋은 산책로가 되는 거지."

쓰토무가 잘난 듯이 설명했다.

그물을 빙 둘러치기 위해 운전기사가 천정과 벽에 뭔가 나사못 같은 것을 쾅쾅 박는 것을 보고 아빠는 자신의 배에 구멍이라도 뚫리는 듯한 얼굴을 했다.

썬룸은, 다른 방이 되었다. 남쪽 창가에 버티고 서 있는 정글짐 탓에 전보다 훨씬 어두워졌고, 천정에 휘둘러 쳐진 해먹 탓에 뭔가 이상야릇하게 보였다.

카라줌과 아이비와 흰색, 보라색, 분홍색의 세 가지 시크라멘 화분이 계단으로 내보내졌다. 이구아나가 먹으면 독이 된단다. 남은 열한 개의 화분을 생각했다. 난꽃을 이구아나가 먹어 버리면 엄마는 뭐라고 할까?

"여태껏 길들이지 못 한 거 같으니까 이구아나는 온실에 넣어 둬. 꺼냈다 집어넣다 하면서 점점 길들이는 거야. 거 참, 너희들 말이다. 노력이라는 걸 좀 해 봐라."

토쿠다 영감은 아빠를 향해 유치원 아이들이라도 타이르는 듯 말하고는 돌아갔다.

"무슨 꼴이야!"

아빠는 나와 엄마에게 화를 퍼부어댔다.

"토쿠다 큰아버지 앞에서 그런 꼴을 보여서 내가 목이라도 잘리면 어쩔 셈이야?"

"아빠도 한 번 할퀴어 봐."

내가 되받아치고,

"저「뻗대고」있는 놈이 내 다리를 슬쩍 건드렸단 말이에요!" 엄마도 소리치며 대들었다.

그렇게 세 사람은 모두 벌컥 화를 내며 저녁까지 한 마디도 말을 하지 않았다.

다음날 아침. 나는 이 집안의 딸로 태어난 것에 대해서 하느님께 불평을 늘어놓고 싶었다. 엄마도 아빠도 일어나지 않았던 것이다.

내가 아빠 엄마의 더블 침대 앞에서 "여섯 시야"하고 크게 소리치자, 엄마는 "이제 혼자서 만들 수 있지?"라고 말하고, 아빠도 "이제 혼자서 갖고 갈 수 있지?" 했다. 팔을 잡아끌어도 코를 집고 비틀어도 두 사람은 일어나지 않았다.

참담한 이야기다.

당분간은 토쿠다 영감이 오지 않을 테니까 이구아나는 어찌됐든 상관없다는 것이다. 나에게 모든 것을 떠맡기려는 속셈이다.

너무나 열을 받아서 야다몽 밥이고 뭐고 젖혀두고 냉장고에서 초코빵을 하나 꺼내서 먹고 두 사람이 자고 있는 사이에 학교로 와 버렸다.

7시도 안 된 교실은 고요하고 지난 주 바닥에 입혀 놓은 왁스 냄새가 아직 강하게 남아있었다.

나는 히타카 군의 책상에 앉아 보았다. 왠지 가슴이 두근거렸다. 「히타카 군 되기」놀이를 했다. 시애틀에서 살아 영어를 잘하고, 굉장히 쿨하고 무척이나 익살스러운 히타카 군.

이 흉내 놀이는 잘 되었던 적이 없었다. 이렇게 히타카 군의 의자에 앉아 있어도 잘 안 된다. 나의 상상력이 부족한지도 모르겠다. 그가 너무도 이상한 남자아이여서 인지도 모른다. 무엇을 생각하고 있는지 전혀 알 수가 없다. 하지만 그런 알 수 없는 면이 좋다.

메구 짱도 사유리 짱도 발렌타인데이에 히타카 군에게 당연히 초콜릿을 주어야 한다고 호들갑을 떨었지만, 나는 전혀 그럴 생각은 없었다. 사유리 짱은 1반의 노다 군과 사귀고 있어서 점심 시간에 함께 교정을 거닐기도 한다. 히타카 군은 여자애와 함께 교정을 걷거나 하는 타입은 아니다. 발렌타인데이에 초콜릿을 많이 받았지만 교실에서 전부 우적우적 먹고 "맛있다-!"라고 큰소리로 외치고 예쁜 포장지는 뭉쳐서 카토 군과 토자와 군에게 던져 맞췄다. 그런 개구쟁이 짓을 해도 멋지게 보였다.

나는 「히타카 군 놀이」를 하다가 어느사이엔가 잠이 들어 버린 모양이다. 머리를 톡톡 건드리는 느낌에 책상에 엎드린 팔에서 얼굴을 들자, 앞자리에 히타카 군이 뒤돌아 앉아서 나의 머리를 초록색 분필로 누르고 있었다.

"고타케―"

멋진 얼굴에 털털한 목소리로 불렀다.

나는 꺄악, 하고 외치며 일어서다가 책상에 무릎을 세게 부딪쳤다.

아직 다른 아이들은 오지 않았다.

"왜 학교에서 자고 있냐?"

히타카 군이 물었다.

멋진 장면이네.

부모님 때문에 열받았다든가 이구아나를 돌보기 싫다든가 하는 쓸데없는 말은 할 수 없지.

"아무도 없는 교실에서 자 보고 싶어서."

그렇게 말한 순간 정직하게 말을 하는 편이 천 배는 나았을 것이라고 후회했다. 역겨운데다가 센스도 없고 거짓말이고.

히타카 군은 왠지 빙그레 웃는다.

"그럼, 밤에 자야지."

쿨하게 그렇게 말하더니 책상에 검정 배낭을 놓고 당번인 닭장 청소를 하러 갔다.

집에 곧장 돌아가면 아빠 엄마에게 얕보이니까 맛 좀 보여주자 생각하고 공원이라든가 서점 같은 곳을 빈둥빈둥 돌아다녔다. 5시가 되었다. 슬슬 가볼까 하고 집을 향해 걷기 시작했다. 언제까지나 밖에 있을 수는 없다. 가출을 할 것이라면 나름대로 준비가 필요한 것이고. 돌아갈 곳이 집밖에 없다니 참으로 시시하다.

곧바로 오지 않았다고 혼나는 것은 아닐까? 아침에 이구아나를 돌보지 않았다고 혼나지 않을까? 엄마가 화를 내면 나도 맞받아서 화를 내줘야겠다고 뱃속에 열심히 에너지를 모으고 있는데, 집 문 앞에서 우왕좌왕하고 있는 여자가 보였다. 물론, 엄마였다.

"쥬리이이이이이!"

나를 보자마자 엄마가 외쳤다. 무서운 에너지. 질 것 같다.

"빨리. 빨리."

엄마는 나의 손을 잡아당기다시피 하며 현관으로 끌고 들어갔다. 뭔가 상황이 이상하다.

"큰일났어!"

얼굴이 파랗게 질려서는 내 손을 꽈악 잡았다.

"있잖아, 선룸에서 뭔가 시끄러운 소리가 나. 덜컹덜컹. 부시럭부시럭 하면서 굉장한 소리가 나. 그거 온실에 들어 있는 거지? 그치? 어떻게 된 거지? 좀 가서 봐 줄래?"

"아빠는?"

"물론 아직 안 오셨지."

엄마는 우는 소리로 말했다.

"아빠가 나가고 얼마 안돼서야. 이층에서 무슨 소리가 나서 가 봤더니 썬룸이야! 나는 너무너무 무서워서! 집에 있을 수가 없어서 영화관에 갔다 왔는데. 너는 오지 않고. 도대체 뭘 하다 이제 와?"

"야다몽이 나온 거 아냐? 아빠가 온실문 닫는 걸 잊은 거 아냐?"

아빠는 아침에 썬룸에 가지 않았다고 엄마가 말했다. 그렇다면 어제 저녁부터 아무도 그 방에 들어가지 않았다는 것이 된다. 토쿠다 영감 일행이 돌아갔을 때에는 야다몽이 분명히 온실에 들어가 있었다. 썬룸에서 달리 소리를 내는 것이 있다면 도깨비 정도밖에 없다.

"아침에 아무도 가지 않았기 때문에 야다몽이 죽어서 귀신이 되어 썬룸에서 날뛰고 있나 보네."

농담으로 말했는데 엄마는 웃기는커녕 더욱 새파랗게 질렸다. 나도 덩달아 무서워졌다.

"아무래도, 아빠가 가 보는 게 좋겠어."

집에 돌아온 아빠는 도깨비 이야기에 대해서 코웃음을 쳤다. 하지만, 야다몽이 하루 종일 방치된 것은 "매우 좋지 않다"며 얼굴을 찌푸렸다. 양복을 입은 채 썬룸으로 성큼성큼 올라갔고, 나는 뒤를 따라갔다. 엄마도 왔다.

아빠가 문을 열자 뭔가 이상한 냄새가 났다. 뭐지. 공원-흙이나 풀 같은 냄새-그리고 더 이상한 냄새-화장실, 먼지.

천정의 전기를 켰을 때, 아빠도 나도 "우와아!" 하고 외쳤다. 그 다음에 엄마도 내 어깨 너머로 얼굴을 내밀고 "끼아아 끼아악" 하고 외쳤다.

진도 7이나 8 정도의 대지진이 있었는지, 태풍 9호가 상륙을 했는지, 열 명의 주정뱅이가 난동을 부렸는지.

책꽂이의 책은 남김없이 바닥에 떨어져 있었다.

엄마의 화분들도 작은 것은 전부 쓰러져 있고 큰 것은 가지가 거의 부러지고 잎이나 꽃은 마구 뜯겨져 있었다.

레이스 커튼은 모두 너덜너덜 찢겨져 있었다. 원탁은 뒤집어져 있었다. 등의자 위에는 큼직한 똥이 떨어져 있었다.

이구아나는 온실에 없었다. 온실의 맨 아래 창문이 반쯤 열려 있었다. 나와 아빠는 썬룸으로 밀치고 들어가 놈을 찾았다. 엄마는 조심조심 들어왔다.

"있다!"

내가 외쳤다. 야다몽은 천정 가까이에 둘러쳐 놓은 해먹에 있었다. 이상한 꼴을 하고 있었다. 몸의 반은 밖으로 삐져나온 채 금방이라도 떨어질 듯 위태로운 모습. 시체 같다. 그런데, 실눈을 뜨고 있었다. 전기가 눈부시기라도 하다는 듯이, 우리들이 시끄럽기라도 하다는 듯이, 움찔하며 몸을 떨었다.

"내 꽃, 꽃, 꽃…"

엄마가 주문을 외우듯 중얼거렸다.

"내 책, 책, 책…"

아빠가 더욱 두려운 듯한 목소리로 주문을 외쳤다.

아빠는 책을 무척이나 소중히 여기는 사람이었다. 손수 종이 커버를 만들어서 파랑은 외국어책, 빨강은 역사책, 갈색은 여행책 등으로 정해, 확실히 분류해 꽂아 놓고 있다. 내게는 썬룸의 책꽂이는 건드리지 말라고 단단히 주의를 주었다.

엄마의 소중하고 소중한 화분과 아빠의 소중하고 소중한 책은 바닥에서 보란 듯이 엉망진창이 되어 있었다.

야다몽의 소행인 것일까?

하지만, 야다몽은 어째서 해먹에 있는 것일까. 온실의 문은 어제 분명히 토쿠다 영감이 닫았을 것이다. 그리고 나서 아무도 썬룸에 들어가지 않았다. 도둑? 나는 당황해서 창문을 보았다. 모두, 제대로 걸쇠가 채워져 있다. 엄마가 영화관에 갔을 때 문으로 들어왔을지도 모른다. 아니다. 엄마는 여기서 소리가 나자 놀라 영화관에 갔다고 했다. 게다가 그렇게 시끄러운 소리를 내는 도둑이 있을 리 없지.

아니, 어떻게?

어떻게? 라고 묻고 싶어 해먹에서 반만 보이는 도마뱀을 올려다보았지만, 눈을 감고 벌써 잠이 들어 있었다.

아빠와 엄마는 이 중대한 수수께끼를 생각할 마음이 없는 것 같았다. 두 사람 모두 울 것 같은 얼굴을 하고 책과 화분의 피해를 조사하고 있었다.

꼴 조오-타. 아빠의 책도, 엄마의 꽃도 처음부터 짜증나는 물건들이었는데.

나는 뭔가를 지나치게 애지중지하는 것이 싫다. 바보 같고, 성가시다.

책은 커버가 떨어져 나가거나 찢어져 있고 파란색 커버는 젖어서 이상한 냄새가 났다. 오줌이라도 싼 것일까.

화분은 토분이 깨져 있는 것, 안의 흙이 거의 쏟아져 흩어져 있는 것, 꽃이며 새싹이 남김 없이 사라져 버린 것, 뭐 어쨌든 무사한 것은 하나도 없었다.

꼴 조오-타.

나한테만 이구아나를 떠넘기니까 이런 벌을 받는 거지.

아빠와 엄마는 책과 화분을 썬룸에서 끌어내기로 했다. 야다몽이 어째서 온실에서 나와 썬룸에 「뻗대고」 있게 되었는지 알수는 없지만, 이 사태는 놈의 소행인 것 같고, 또 같은 일을 당했다가는 정말 참을 수 없다는 것이다.

화분들은 거의 거실로 옮겼다. 책도 침실에 정리하는 것으로는 모자라서 거실 바닥에도 쌓였다. 소파 주위는 엄청 비좁아졌다. 화초 냄새가 진동한다. 1층의 방을 걸을 때마다 누군가가 화분이나 책에 발이 걸려 비틀거리게 되었다.

이 일이 겨우 끝났을 때는 이미 밤 9시가 지난 무렵이었다.

썬룸은 거의 텅 비었다.

아니, 거대한 도마뱀이 자고 있었다. 도마뱀의 똥도 아직 치워지지 않았다.

"배변 훈련을 시켜야겠군."

아빠는 혼잣말처럼 중얼거렸다.

애고 애고.

아빠가 독서를 즐겨야 했을 방. 엄마가 꽃 가꾸기를 즐겼을 방. 책도. 화초도. 이제 이 방에는 하나도 없었다. 썬룸은 이미 아빠의 것도, 엄마의 것도 아니다. 나의 것도 아니다. 야다몽 한 마리의 것이다.

이상한 이구아나-어느 사이엔가 온실 밖으로 나와 있는 이구아나.

난폭한 이구아나-책도 꽃도 엉망진창으로 만든 이구아나.

「뻗대기」의 수수께끼는, 다음날 아침에 풀렸다. 나와 아빠가 배변 훈련을 시키기 위해 썬룸에 갔을 때, 야다몽은 고양이처럼 온실의 유리문에 발톱을 걸어 쓰윽, 하고 옆으로 열었던 것이다.

놀랍다.

메구 짱의 고양이가 미닫이 문을 그렇게 여는 것을 본 적은 있지만, 이구아나가 할 수 있으리라고는 꿈에도 생각지 않았다.

야다몽은 완전히 고양이 같은 놈이었다. 고양이용 화장실을 사용하는 법을 닷새 만에 익혔다. 매일 아침, 먹이를 주기 전에 방 구석에 놓아 둔 고양이용의 얇은 사각 플라스틱 화장실까지 이구아나를 옮겨 놓아 준다. 처음에는 안에 있는 흙을 먹기만 했었는데, 점차로 화장실 사용법을 배우게 됐다.

이구아나는, 생각 했던 것보다 똑똑하다. 고양이에게는 질지 모르겠지만, 금붕어보다는 분명히 똑똑하다.

야다몽이 그렇게 똑똑하게 굴기도 하고, 난동을 부리기도 하고, 우리들에게 길들여지기도 하는 것은 조금 재미있었다. 하지만, 토쿠다 영감과 얼간이 쓰토무의 얼굴을 떠올리면, 재미가 없어진다. 그 인간들에게 결정타를 먹이고 싶은데, 어떻게 해야 좋을지 모르겠다. 야다몽을 잘 돌본다면, 그건 그들이 기대하는 바이다. 잘못한다면 있는 대로 바보 취급을 당하는 데다가 아빠는 모가지다.

그 어느 쪽도 가혹한 이야기다.

6. 단 하루의 기분 나쁜 별명

 메구 짱과 사유리 짱이 우리 집에 놀러 온다고 한 것은, 겨울 방학이 끝난 직후부터의 약속이었다. 새 썬룸을 자랑하고 싶어서 내가 초대했던 것이다. 하얗고 예쁜 격자 창, 겨울에도 따뜻한 햇살, 예쁜 꽃이 가득-이라니, 참! 우리 셋의 시간이 맞지 않아서 약속이 계속 늦춰지는 동안에 썬룸은 공포의 이구아나 룸으로 변해 버렸다. 그것은 물론 비밀이다. 절대 비밀. 탑 씨크릿.

 3월 들어서 나는 머리가 아프다든가 손님이 오신다든가 하는 거짓 이유를 들먹이며 두 사람이 우리 집에 못 오게 했다. 하지만, 메구 짱이 이번 주 일요일에 가도 되냐고 물었을 때, 포기했다. 더 이상 거절했다가는 우정에 금이 갈 것 같았다.

 11일 일요일 날 아빠는 골프를, 엄마는 친구들과 유명한 복숭아나무 숲이 있는 공원에 가기로 되어 있었다. 어떻게든 되겠지. 부모님이 안 계시면 거실에서 놀 수가 있으니까 2층에 가지 않도록 하고…

썬룸을 보러 오는 친구들을 썬룸에 못 들어가게 하기 위한 거짓말, 2층에 가지 않기 위한 거짓말-토요일 밤, 침대 속에서 이것저것 생각해 보았지만 좋은 거짓말이 떠오르지 않아서 잠이 오지 않았다.

일요일. 잠에서 깼을 때는 11시였다.

엄마도 아빠도 벌써 나갔는지, 집안은 조용했다. 일났다. 이제 30분만 있으면 손님이 들이닥칠 텐데!

사유리 짱이 직접 만든 샌드위치를, 메구 짱이 켄터키 후라이드 치킨을 사 오고, 내가 과일 샐러드를 만들어서 함께 점심을 먹기로 한 약속이었다.

과일 샐러드를 만들 시간 같은 것은 없다. 야다몽에게 먹이로 주어야 하는 것. 그래. 그것을 넉넉히 만들어서 내놓을까? 사람이 먹어도 괜찮을까? 재료는 모두 슈퍼에서 사 오는 것인데 뭐.

"썬룸은 에어컨의 온풍기가 고장나서 너무 추워. 게다가 아빠의 책이 뒤죽박죽되어 있고, 뭐가 막혔는지 문도 열리지 않아. 미안해. 모처럼 보러 왔는데. 미안. 여기서 점심도 먹고 TV 게임도 하자."

단숨에 멋들어진 변명을 말하자, 두 사람 모두 멍한 얼굴을 하고 있었다.

냉장고에서 야다몽에게 주고 남은 이구아나 샐러드를 꺼내서 거실 탁자에 갖다 놓았더니, 두 사람은 더욱더 멍한 얼굴이 되었다.

"재미있는 샐러드네."

사유리 짱의 눈이 동그래졌다.

"누가 만든 거야?"

"내가."

"뭐어? 만드는 법은? 책? TV?"

사유리 짱이 캐묻길래 아빠가 큰아버지한테서 배워서 내게 가르쳐 주었다고 터무니없는 대답을 했다. 식은땀이 날 것 같다.

모로헤이야의 생 잎, 삶은 단호박, 양송이 통조림, 냉동 블루베리, 토마토, 오이에 중화풍 참깨 소스를 뿌렸다. 많이, 아주 많이 뿌렸다. 맛을 알 수 없도록.

"맛있는 것 같네."

메구 짱이 말해 주었다.

생각했던 것보다 괜찮다. 모로헤이야의 생 잎이 뻣뻣해서 싫었지만, 뒷맛은 그럭저럭 샐러드 맛이 났다.

"쥬리 짱은 어느새 요리를 배운 거니?"

사유리 짱이 흥미진진해서 묻는 것을 나는 웃음으로 얼버무렸다.

"사유리 짱은 있잖아, 도시락을 싸서 노다 군과 꽃놀이를 갈 거래. 오늘은 연습이래."

메구 짱이 부러운 듯이, 빨간 바구니를 보았다. 바구니 속에는 참치며 달걀이며 땅콩버터로 만든 롤 샌드위치가 예쁘게 랩으로 싸여져 양 끝에 리본까지 묶여서 귀엽게 줄지어 있었다.

이런 걸 요리라고 하는 것이다.

"쥬리 짱도 히타카 군에게 뭔가 만들어 주면 되겠네."

사유리 짱은 말했다.

쥬리 짱이 만들 수 있는 요리는 단 하나. 이구아나 샐러드뿐이다. 히타카 군에게 이구아나 샐러드를 만들어 먹일 것을 생각하니, 왠지 웃음이 났다.

점심을 먹고, TV 게임을 하고 엄마가 사다 놓은 딸기 케이크를 먹고, 아이고, 무사히 끝나나 보다 생각하고 있는데, 메구 짱이 내 만화책을 빌려가고 싶다고 말했다. 가슴이 철렁했다. 갖다 주겠다는데도 뭐가 있는지 보고싶다며 부리나케 계단 쪽으로 간다.

"내 방은 지저분해서 창피한데, 있지, 뭐가 있는지 다 말해줄 테니까, 응? 2층엔 가지 마."

뒤에서 팔을 잡아당기다시피 하며 말렸지만, 메구 짱은,

"괜찮아. 항상 지저분한데 뭐."

그렇게 얄미운 소리를 하며 척척 올라가 버린다.

일났다! 사유리 짱도 따라 간다.

일났다! 일났어!

메구 짱이 만화책을 천천히 둘러보고 있을 때, 옆방에서 털썩 하는 소리가 났다. 나의 위가 오그라들었다.

야다몽 바보같은 놈!

또 제멋대로 온실에서 나왔구나! 지금은 낮잠 잘 시간이야! 왜 날뛰고 있는 거야!

"뭐야? 무슨 소리야?"

겁이 많은 사유리 짱이 깜짝 놀라 물었다.

"쌓아 놓은 책이 무너졌나 보네."

나는 순간적으로 그렇게 말했다.

박박, 하며 뭔가를 긁는 듯한 소리가 희미하게 들렸다. 사유리 짱의 얼굴은 온통 불안으로 가득해졌다.

"저건? 뭐야? 뭐야?"

"큼직한 곰이라도 있는 거 아닐까?"

내가 순간적으로 앞뒤가 맞지 않는 말을 하자, 사유리 짱의 얼굴은 파랗게 변했다.

꽈당! 옆방에서 들리는 굉장한 소리에 우리는 모두 펄쩍 뛰었다.

"뭔가가 있어! 곰이 아니야!"

메구 짱은 단호한 어투로 말했다.

"쥬리 짱, 보러 가자! 확인해야 돼!"

메구 짱이 그토록 용감한 애가 아니라면 좋았을 것을.

"안돼-. 문이 열리지 않는다니까."

내가 메구 짱의 스웨터 뒷자락을 붙잡았을 때, 메구 짱은 이미 썬룸의 문을 앞으로 잡아당기고 있는 참이었다.

등의자가 옆으로 쓰러져 있었다. 야다몽이 그 옆에 드러누워 버둥거리고 있다. 발톱이 등의자에 끼어 빠지지 않는 모양이다. 그래서 그런 소리를 내며 날뛰고 있었던 것이다!

야다몽의 몸 색깔은 평소보다도 훨씬 짙은 녹색이 되어 있었다. 그것은, 패닉을 일으켰을 때의 색이었다. 긴 꼬리를 휘두르며 어떻게든 발톱을 빼려고 몸을 뒤틀고 있었다. 괴로워 보였다.

나는 급히 뛰어 들어가 이구아나의 발톱을 의자에서 빼주었다. 그와 동시에 야다몽의 발톱이 빠져 버렸다. 우웃! 아프겠다. 피가 난다. 내가 야다몽을 돌보고 있는 동안 계속 사유리 짱의 비명이 들리고 있었다. 사유리 짱 보다 조금 작은 메구 짱의 비명도 들리고 있었다.

"제발 그만해! 애는 겁쟁이야!"

나는 목소리를 죽이며 필사적으로 외쳤다.

마치, 2주 전의 쓰토무 같았다.

거짓말 한 것을 사과했다.
놀래킨 것을 사과했다.
사건의 전모를 자세히 설명했다.
덧붙여, 비밀로 해 달라고 부탁했다.
그랬는데, 그랬는데, 그랬는데.
월요일, 내가 등교하자 2반 칠판에는
-고타케는 이구아나를 기르고 있다.
라고, 커다랗게 녹색 분필로 써 있었다.
-이구아나 여자 고타케.
녹색 글씨 밑에는 하얀 분필로 써 있다.
그 밑에는 분홍색 분필로
-이상한 여자, 고타케 주의!
라고 덧붙여 써 있었다.

"미안."

메구 짱이 명랑하게 사과했다.

"나는, 카요코 짱에게 살짝 말했을 뿐이야. 절대, 비밀이라고 말했었어."

"미안해."

사유리 짱은, 조금 미안한 듯이 사과했다.

"어젯밤에 노다 군에게 전화로 조금밖에 말하지 않았어. 절대, 비밀이라고 그랬고. 노다 군이 카토 군에게 아침에 말했나 봐. 절대 비밀이라면서."

그날 아침부터 나의 별명은, 「이구아나 고타케」가 되었다. 요시자와 군이나 카토 군이 나를 툭 치고는 "이구아나 균이다-!"라고 외치며, 다른 남자애들이나 여자애들을 쫓아다니며 난리를 피웠다. 모두들 이구아나 균이 묻는 것을 싫어했다. 사유리 짱이나 메구 짱 조차 심각하게 도망 다닌다.

방과 후 청소 시간에 가토 군이 히타카 군에게 이구아나 균을 묻혔다.

아아! 히타카 군!

"접수-!"

히타카 군이 말했다. 그리고 받은 이구아나 균을 손에 찍어 낼름, 하고 핥는 동작을 했다. 모두 와-하고 웃었다.

너무하다. 이제 나 내일부터 학교에 안 나온다. 절대 안 온다.

"야, 야, 고타케."

히타카 군이 쾌활한 목소리로 불렀다.

"그거, 그린 이구아나냐?"

"그렇다, 어쩔래!"

나도 모르게 시비조가 되어 버렸다.

"좋겠다-."

히타카 군은 부러운 듯 한숨을 쉬었다.

"시애틀에 살았을 때, 옆집에서 키웠었지. 그거, 짱이야. 2미터도 넘는다고. 마크는 함께 목욕도 했었어."

히타카 군은 무척이나 히타카 군답게, 쿨하게 그렇게 말하고 걸레를 손가락 끝에 걸어서 빙글빙글 돌리면서 이미 저쪽으로 가버렸다.

단지 그랬을 뿐인데, 더 이상 누구도 나를 이구아나 일로 놀리는 사람은 없게 되었다. 히타카 군이 이구아나 균을 낼름 먹어 버린 것이다.

7. 「때 크리니 야부」

 이구아나의 피도 역시 빨갛구나. 뭐랄까, 초록색이나 파란색일 것 같았는데. 야다몽이 등의자 틈새에 발톱이 걸려 뽑혔을 때, 빨간 피를 뚝뚝 많이도 흘렸다. 당황스러웠다.

 야다몽은 아파선지 날뛰거나 돌아다니거나 하지는 않았기 때문에 붙잡아서 발톱이 빠진 발가락에 티슈를 대주었다. 피는 비교적 빨리 멈추었다. 밤에는 아빠와 함께 머큐로크롬을 적신 탈지면으로 상처를 소독했다. 위험한 등의자는 거실로 옮겼다.

 의자가 없어져서 더욱더 횅해진 썬룸에서 야다몽은 왠지 기운을 잃었다. 아침에도 그다지 움직이지 않았다. 정글짐 꼭대기에서 스포트라이트를 받으면서 그냥 멍하니 있다. 발톱이 빠진 곳에서 가끔 피가 난다. 아픈 모양이다. 식욕이 없다. 똥도 안 눈다. 조금 마른 것 같기도 하다. 상처로 균이라도 들어간 것일까.

 쓰토무에게 전화로 상담해 볼까 하고 말했더니, 아빠는 반대했다. 이구아나의 상태가 나쁘다는 것을 토쿠다 영감에게 알리고 싶지 않은 것이다. 하지만 그런 허세를 부리다가 죽어버리면, 더 큰일 아닌가?

 마침내 우리는 야다몽을 병원에 데려가기로 했다. 아빠의 학교는 15일부터 봄방학에 들어가니까, 내가 학교에서 돌아오는 오후에는 데리고 갈 수 있다.
 "내가 차를 운전할 테니, 쥬리는 놈을 안고 뒷자석에 앉아."
 하기 싫은 역할이다. 운전을 하는 쪽이 훨씬 낫다고 생각하지만, 나는 면허가 없으니까 싸워봤자 헛일이다.
 엄마가 마당의 창고에서 구깃구깃한 거대한 검정 스포츠 가방을 꺼내왔다. 기억난다. 야다몽이 처음 우리 집에 왔을 때 들어가 있던 공기 구멍 뚫린 가방이다. 용케도 이런 걸 놔두었네.
 이구아나가 잠에 취해 얌전해지는 오후 늦은 시간에 아빠와 나는 녀석을 누더기 가방에 밀어넣고 차에 올라탔다.
 야다몽은 누더기 가방에 들어가자마자, 졸음이 달아난 모양이다. 안에서 꿈틀꿈틀 움직여 댔다. 패닉까지는 아니더라도 공기 구멍으로 발톱을 내밀고 내 무릎을 쥐어뜯는 바람에 참을 수가 없었다.
 "그만 해."
 나는 혼을 냈다.
 "남은 아홉 개 발톱도 빠지면, 어쩔래?"

녀석은 멈추지 않았다. 발톱을 걱정하는 기색은 없었다. 바보 같은 놈!

고맙게도, 야부키 동물병원은 가까웠다. 민간철도 역의 옆으로 우리 집에서 차로 5분.

아빠는 좁은 골목에 차를 세우고는, 주차위반에 걸리면 큰일인데, 동물병원은 보험도 안돼서 바가지요금일 테고, 얼마나 들려나, 한 달에 5만엔인 예산을 넘겠는 걸, 임시비용을 청구하고 싶지만, 안 되겠지, 에이, 못 참겠군, 돈이 필요한데, 라고 투덜댔다.

그동안 나는 꿈틀거리는 거대한 가방을 떨어뜨리지 않도록 손잡이를 움켜쥐고 동물병원 입구에 서 있었다.

유리벽으로 된 깨끗한 빌딩의 1층과 2층. 손님은 많고 요금이 비쌀 것 같은 느낌이 들었다. 나는 처음이지만, 아빠는 익숙한 모양이다. 내가 태어나기 전에 아빠의 아빠가 고양이를 키웠기 때문에 자주 여기에서 병이나 상처를 치료했다고 한다.

고양이라… 나는 생각했다. 이 가방 안에 있는 것이 고양이라면 고생을 안 할 텐데. 일찍 일어나지 않아도 되고. 귀엽겠다.

야부키 동물병원의 대기실에는, 골든 리트리버를 데리고 온 아주머니, 반투명에 반원추 모양의 캐리어에 갈색 고양이를 넣어 온 언니가 있었다.

나는, 꿈틀거리는 누더기 가방을 끌어안고 고양이 언니의 옆 소파에 앉았다. 죄송한 느낌. 너무 창피하다. 고양이 주인도, 개 주인도 '저게 뭐지?'라는 눈으로 흘끔흘끔 본다. 야다몽 녀석, 공기 구멍으로 발톱 같은 걸 내밀면 어쩐다? 아주머니와 언니가 우리 엄마같은 사람이면 큰 난리가 날 텐데.

골든 리트리버는 이구아나의 냄새를 맡은 모양이다. '마음에 안 든다'는 듯 낮고 기분나쁜 신음 소리를 내기 시작했다. 그 소리에 겁을 먹고, 캐리어 속의 고양이가 고르르고르르 거렸다. 그런 개와 고양이의 소리에 놀라, 야다몽은 가방 안에서 내달렸다. -뭐, 내달리고 싶었겠지만, 마음대로 되지 않으니까 그만큼 공기 구멍으로 발톱을 내밀고 내 무릎을 꽉꽉 죄어왔다.

"아팟! 씨-."

나도 모르게 큰 소리로 외쳤다.

수납에서 이야기를 하고 있던 아빠가 돌아보며, 정나미 떨어지는 얼굴로 나를 노려보았다. 시끄럽다고? 좀 여자애답게 소리치라고? 나를 잡아뜯는 발톱이 왕도마뱀이 아닌 새끼 고양이의 것이라면, 좀 더 귀여운 비명을 질러 볼게요.

두 손님과 개는 나를 빤히 바라보고 있었다.

"저기, 저, … 그거, 뭐예요?"

옆에 앉아 있는 언니는 약간 몸을 뒤로 빼듯 하고, 머뭇머뭇

물었다. 나는 순간 대답을 망설였다.

내 대신 아빠의 목소리가 울렸다.

"이구아나!…는 진찰을 못 한다는데."

수납에서, 울그락불그락 토마토같이 빨개진 얼굴로 느릿느릿 걸어온다.

"여기는 고양이와 개만 취급한데."

"이구아나?"

고양이네 언니와 골든 리트리버네 아주머니는 목소리를 맞춰 되뇌었다.

우-, 왕, 왕, 왕왕! 하고 골든 리트리버가 짖었다.

-그래. 나는 알고 있었어. 그놈은 이구아나야. 도마뱀 신분에 건방지게 의사를 찾아와? 가. 가. 가버려.

그렇게 들렸다.

그리고 나서 차로 세 군데의 병원을 더 돌았다. 하나는 바로 근처의 작은 병원, 다른 하나는 옆 동네의 역시 작은 병원, 또 하나는 야부키 동물병원에서 소개해 준 이케부쿠로의 큰 병원이었다. 어디에서도 야다몽을 봐 주지 않았다.

"이구아나는-, 글쎄요, 안 되겠는데요. 전문가를 찾아야 될 것 같은데…"

마지막 큰 병원에서 그렇게 거절당하고 아빠는 맥이 탁 풀려 버렸다. 야다몽의 발톱에 찔린 무릎이 콱콱 쑤셨다. 할 수 없이 일단 집으로 돌아와서 전화로 이구아나를 치료해 줄 의사를 찾기로 했다.

 그것은 생각했던 것보다 큰일이었다. 전화번호부에 실려 있는 동물병원에 순서대로 전화를 걸었지만, 순서대로 계속 거절당했다. 아빠는 수화기를 꽉 쥐고 헉헉 숨을 몰아 쉬었다.

 "야, 지금 이 여의사가 뭐라 그랬는지 알아? 이구아나처럼 기분 나쁜 것은 취급하지 않습니다, 이런다!"

 "엄마같은 의사가 있네."

 내 말에, 엄마는 충분히 이해가 간다는 듯 고개를 끄덕였다.

 "누구라도, 싫은 건 싫은 거야."

 "하지만, 일이잖아. 일에 싫고 좋고가 어딨어!"

 아빠는 다시 전화와 씨름을 하며, 점점 더 화를 냈다.

 "이구아나도 동물이잖아? 살아있는 생물이잖아? 내 말이 틀려? 어째서 받지 않는 거야? 수의사라는 인간들, 정

말 냉정한 사람들이구먼!"

아빠가 마음이 상냥한 동물병원을 겨우 발견한 것은 스물 네 번째 전화에서였다.

『펫 크리닉 야부』라는 동물병원은 세타가야의 소시가야라는 곳에 있었다. 네리마 구에 있는 우리 집에서 그리 가깝지는 않았다. 이미 해가 저물었기 때문에 오늘 밤은 야다몽의 발톱을 깎고, 내일 데리고 가기로 했다.

차로 한참을 헤매다 간신히 도착한 것은 좁은 골목 뒤에 있는 잿빛 회벽의 낡아빠진 이층집이었다. 어지간히 주의를 하지 않으면 지나쳐 버릴 것 같은, 작은 나무 간판에 녹색 페인트로 「펫 크리닉 야부」라고 써-있어야 할 것이나, 「페 크리니 야부」라고 밖에 읽을 수가 없다.

입구의 문을 열자, 어두컴컴한 대기실은 동굴처럼 고요했다. 손님은 한 사람도 없었고, 접수대에도 사람의 모습은 보이지 않았다.

"실례합니다-."

아빠가 접수대에서 소리쳤다. 동물병원의 수납창구에다 대고 하기에는 이상한 말이라고 생각했다.

"죄송합니다-. 아무도 안 계십니까?"

진짜 「아무도 안 계신 것」 같았다.

우리는 얼굴을 마주 보았다.

"여기가 아닌 거 아냐?"

내가 말했다.

"『페 크리니 야부』라고 써 있었어."

"『페 크리니 야부』가 뭐냐? 페인트가 지워진 거지. 주소는 여기야."

아빠는 뱃속에서 울려 나오는 소리를 냈다.

"실례합니다아–!"

수납창구 안에서도, 「진찰실」이라고 하얀 판대기를 붙이고 있는 문 너머에서도 고요함만이 흐른다.

"쉬는 날 아니야?"

"평일이니까 할 거야."

"쉬는 시간 아닐까?"

"그럴 리 없어."

"의사가 내뺀 거 아닐까?"

"어째서?"

"빚이 쌓여서 야반도주를 했다든가, 진찰을 잘 못해서 개나 고양이를 죽여서 야반도주 했다든가."

"잠자코 좀 있어."

 우리는 대기실에 앉아 기다렸다. 소파라고 괜찮은 것은 없었다. 초라한 식당에 있을 법한 비닐이 벗겨진 의자가 4개 놓여져 있을 뿐.

 보통 대기실에 있기 마련인 잡지나 만화책 한 권도 놓여 있지 않았기 때문에 나와 아빠는 침울하게 입을 다문 채 이십 분 이상이나 마땅치 않은 의자에 앉아 있었다.

 손님도 오지 않고, 의사도 나오지 않았다.

 발밑 바닥에 놓아 둔 야다몽은 바보같이 얌전하게 있었다. 평소처럼 가방 안에서 꿈틀거리지 않길래 구두 끝으로 쿡쿡 찔러 보았다. 움직이지 않는다. 걱정이 되어 가방의 지퍼를 조금 열어 보았더니 야다몽은 기다리고 있었다는 듯이 쑥 고개를 내밀었다.

 가방에서 머리를 내밀고 있는 이구아나의 모습은, 매우 기분

「패 크리니 야부」

나빴다.

야다몽은 머리를 내밀더니 마음이 놓이는지 다시 얌전해져서 천천히 눈을 깜빡거렸다. 역시나 기운이 없었다.

"아픈 걸까. 죽어버리는 거 아닐까."

"재수없는 소리 하지 마."

"하지만…"

상태가 나쁜데 보아 줄 의사가 없다는 것이 너무 무서웠다. 불쌍했다.

아빠와 내가 이구아나의 흔들흔들 흔들리는 목과 나른한 듯 감긴 눈동자를 물끄러미 들여다보고 있을 때, 갑자기 위에서 큰 목소리가 쏟아져 내렸다.

"오-. 뭘 갖고 왔나?"

키 190센티는 될 것 같은 덩치 큰 털복숭이에 흰 가운을 입은 남자가 허리에 손을 대고 으스대고 서 있었다.

"야부 선생님이십니까?"

"그렇소."

키 큰 남자는 대답했다. 가슴의 뱃지에는 「야부」라고 써 있다.

야부 선생님은 수의사라기보다는 이야기 속에 나오는 나쁜 거인이나 산적 두목 같았다.

"아, 안에서 잠깐 자고 있었는데, 댁들은 언제 온 거요?"

낮잠을 방해 받아서 졸려 죽겠다는 듯이 턱이 빠져라 하품을 한다.

진찰실에 들어가서 내가 야다몽을 가방에서 꺼내 무릎 위에 올려놓자-제발 가만히 있어달라고 기도하면서-야부 선생님은 신기하다는 듯이, 그러나 멍한 눈으로 들여다보았다.
"호오-, 이게 이구아나라는 것인가? 호오-, 재미있구먼."
올빼미처럼 호오 호오 거리는 반응에, 아빠는 꿀꺽하고 침을 삼켰다.
"저… 선생님은 이구아나… 전문…가…이시죠?"
아빠가 묻자, 야부 선생님은 어안이 벙벙한 표정으로 대답했다.
"그런 건 없어요. 이구아나 전문이란 건, 일본 전체를 뒤져도 없을 거요."
"그, 그래도 진찰은 해주실 수 있는 거죠?"
"그럼요. 우리 병원은 뭐든지 받으니까요."
야부 선생님은, 아주 선선히 대답했다.
"그래, 어디가 아픈가?"
나는 야다몽의 앞다리를 살짝 쥐고 빠진 발톱을 보여주었다. 그리고 식욕이 없고 변비이며 기운이 없다고 말했다.
야다몽이 패닉을 일으키지 않은 것은 그만큼 기운이 없었기 때문인 것 같았다.

 야부 선생님은 하얀 연고 같은 것을 상처에 덕지덕지 바르더니,

 "곪지 않았기 때문에, 별일 없을 거요. 싱싱한 지렁이를 많이 먹이면 좋습니다. 스테미너가 생기니까요. 변비에는 설사약을 줄게요. 한 방에 올겁니다. 강력한 게 있거든요."

 강력한 설사약이 재미있어 견딜 수 없다는 듯이 킬킬거리며 웃었다.

 "그리고, 대야에 소금물을 풀어서 들어가 있게 하면 좋아요. 시치미 토오가라시(일곱가지 양념을 넣어 빻은 매콤한 고춧가루-옮긴이)를 조금 넣으면 좋고. 찌르르 할 거요. 댁에 마당이 있소? 마당에 내놓고 바람을 조금 쏘여 말려 주면 좋아요. 거풍하듯이 말이요."

 진찰료는 6,180엔 이었다. 아빠는 수납창구에서 야부 선생과 「사기」라든가 「재판」이라든가 하는 단어를 쓰면서 뭔가 낮은 목소리로 수군수군 말했지만, 결국 돈을 지불했다. 산적같은 야부 선생과 주먹다짐을 하게 되면 질 게 뻔했기 때문일 것이다.

 야다몽은 3일 후에 다시 돌팔이 의사를 만났다. 이번 선생님 이름은 야부는 아니었지만, 여기 간판도 「페 크리니 야부」로 바꾸는 쪽이 낫다고 생각했다. 전화로는 매우 친절하고 이구아나를 진찰해 본 적이 있다고 해서 아빠도 나도 무척 기대하고 갔다.

신주쿠의 뒷골목에 있는 파란 타일을 붙인 빌딩의 3층. 대기실에는 가죽 소파도 잡지도 있고 잉꼬나 햄스터를 데리고 온 손님도 있고 수납창구의 직원도 능숙해서 느낌이 좋았다.

흰머리의 상냥한 듯한 할아버지 의사는 야다몽이 무서워하지 않도록 천천히 조심스럽게 진찰을 하더니,

"이제 곧, 알을 낳을 겁니다."

그렇게 말했다.

"이구아나는 알을 낳기 한 달쯤 전부터 아무것도 먹지 않습니다. 알이 뱃속에 잔뜩 차 있기 때문에 먹이를 넣을 공간이 없어지는 것이지요."

으잉? 아빠와 나는 깜짝 놀랐다. 이구아나 알이라고?

"억지로 먹이면 죽어버립니다. 전에도 그런 적이 있어서… 그러니까 뭐, 그냥 놔두도록 하세요."

"저… 하지만 그거 한 마리만 키워서 교미를 한 적이 없는데요."

아빠가 머뭇머뭇 묻자,

"네 네, 그건 수정란이 아니어서, 수놈이 없어도 암놈은 알을 낳습니다. 보세요. 닭이 그렇지 않습니까?"

의사는 빙그레 웃으며 대답했다.

"저…"

아빠는 말하기가 힘들다는 듯이 입을 열었다.

"저… 그, 그게 수놈인데요. 수놈인 것 같은데, 수놈도 알을 낳습니까?"

의사는 '네?' 하는 표정이 되었다.

"수놈은 안 낳지요…"

갑자기 자신 없는 목소리로 중얼거리며 야다몽을 획, 하고 뒤집었다.

"고추가 없는데."

"평소에는 나와 있지 않습니다. 안에 들어가 있지요. 그래서 그 살 구멍-허벅지 안쪽입니다만, 거기에 우둘투둘 노란색 가시같은 게 나와 있지요? 그게, 수놈입니다. 그리고 턱이 옆으로 나와 있죠? 그게, 수놈인 거죠."

"꽤나 정통하시네요."

의사는 얄밉다는 듯이 아빠를 바라보았다.

"아, 예. 전 주인에게 들어서 압니다."

아빠도 얄밉다는 듯이 의사를 바라보았다.

결국, 야다몽의 병은 알지 못했다. 안 먹고, 움직이지 않고, 똥을 누지 않고, 그리고 확실히 알 수 있을 만큼 야위어서 홀쭉해져 버렸다.

아빠도 식욕이 없어져서 뺨이 홀쭉하게 야위었다. 토쿠다 영감에게 전화를 해서 울며불며 매달리고 들볶일 것이 싫어서 참을 수 없는 것이다. 그러면서도 혹시 야다몽이 죽어버려서 학교에서 잘리면 어쩌나 하고 무서워서 참을 수가 없는 것이다.

혹시, 야다몽이 죽어버리면? 하고 나도 생각했다. 일찍 일어나지 않아도 된다. 편해지겠네. 그렇지만-.

기운이 없는 야다몽은 불쌍하다.

가난해지는 것도 싫다.

아빠 대신에 몰래 쓰토무에게 전화해 볼까 하고 생각하다가, 문득, 더 좋은 수가 생각났다.

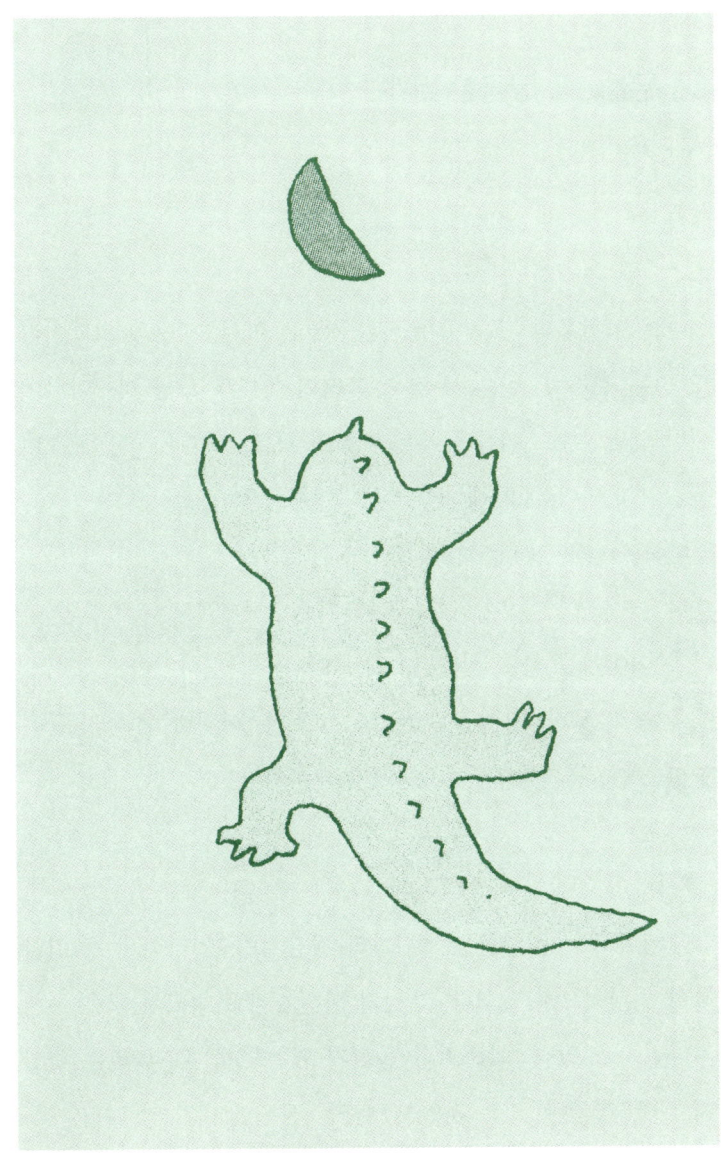

8. 무섭고도 궁금한 가게

 나는 아침부터 가슴이 두근두근했다. 마치, 사랑의 고백이라도 하는 것처럼. 실은, 사랑의 고백이 아니라 그냥 이구아나에 대한 상담인데도 이름을 부르려 하면 힛힛힛히타카 군, 하고 더듬거리게 되어 세 차례나 단념했다.
 바보 아냐?
 히타카 군이 이구아나를 좋아한다는 것을 알고 나서 줄곧 야다몽 이야기를 하고 싶었다. "이구아나, 잘 있냐?"라고 물어오지 않을까 무척 기대하고 있었다. 하지만, 아니다. 히타카 군은 항상 「예측 불가능한」 남자애이기 때문이다.

 "기다려-. 잠깐마-안. 히타카 군!"
 나는 루팡 3세를 쫓는 제니가타 경감처럼 "기다려-!"를 연발하며 필사적으로 달렸다. 루팡과 마찬가지로 히타카 군은 전혀 기다리지 않았다. 목소리가 들리지 않는 것인지, 놀리는 것인지, 바쁜 볼 일이 있는 것인지. 달리기라면 상대가 안 되지.

「대화」를 하기에는 주위에 가토 군이나 사유리 짱이 없는 편이 낫기 때문에 방과 후 교문에서 기다리고 있었다. 혼자면 말을 걸고, 일행이 있으면 그만 두자. 그리고 히타카 군은 정확히 혼자였는데, 전속력으로 교문을 빠져 나간 것이다.

아아!「예측 불가능」!

교문을 나와 맨 처음 모퉁이에서, 나는 급 브레이크를 걸었다. 벌렁 자빠질 뻔 했다. 전혀 뜻 밖에 히타카 군이 모퉁이에 떡 하니 서 있었던 것이다.

"뭐야? 고타케."

쿨하게 물어오는 바람에 나는 정말로 벌러덩 언덕길을 굴러 떨어질 뻔 했다.

"바, 바, 바쁘지 않으면 좀 물어볼 게 있어서…"

결국 더듬어 버렸다.

히타카 군은 특별히 볼일이 있어서가 아니라 그냥 달리고 싶어서 달렸을 뿐이기 때문에 내가 말을 시켜도 전혀 방해받을 게 없는 것 같았다.

"나는 모르겠는데."

히타카 군은 수학 문제로 지명 당했을 때처럼 안타까운 듯이 대답했다. 언제나 선생님으로부터 어휘 사용에 대해 주의를 듣는데도 전혀 고치려 하지 않는다.

"마크에게 전화해 볼까?"

시애틀의 마크가 같은 동네에 사는 것처럼 간단히 내뱉는 말에 나는 눈을 크게 떴다.

가장 가까운 전화 부스에 두 사람이 들어간다. 나, 태어나서 처음으로 남자애와 둘이서만 전화 부스에 들어왔어. 그것도, 히타카 군과 말야! 이거야말로, 평생 간직해야 되는 거 아닐까. 히타카 군의 등과 내 어깨가 닿아 있고, 밖에는 같은 학교 아이들이 지나가고 있고, 2반 아이들이 지나갈지도 모르고, 나는 가슴이 두근두근해서 이구아나 따위는 이미 생각할 상황이 아니었다.

히타카 군이 갑자기 뒤를 돌아보았다.

"마크한테 고타케가 직접 말할래?"

흥분 상태에서 응 하고 대답하려다가,

"영어를 못 하는데."

위험천만한 대목에서 생각이 났다.

"그런가."

히타카 군은 전화 카드를 넣고 삐뽀빠빠 하며 많은 번호를 누르고 한참 동안 수화기를 귀에 대고 있었으나, 그냥 끊고 말았다.

"깜빡했다. 그쪽은 밤이야. 마크네 식구들은 모두 일찍 자거든."

나는 너무도 실망이 되었다. 그도 그럴 것이, 히타카 군의 영

어를 들을 수 있는 찬스였는데. 히타카 군의 진짜배기 영어를 들은, 2반에서 유일한 사람이 될 수 있었는데!

"한 번 더 자세히 말해 봐. 내일 아침 일찍 전화해 볼 테니까."

코가 닿을 듯 가까이서 진지한 얼굴로 하는 말을 듣고, 나는 부끄러워서 얼굴이 빨개졌다. 로맨틱한 부끄러움이 아니다. 히타카 군이 야다몽을 이토록 걱정해 주고 있는데, 나는 엉뚱한 것만 생각하고 있다니, 괴물 같으니.

"그런데, 어째서 히타카 군은 이구아나를 좋아하는 거야?"

내가 물어 보았다. 집으로 가는 길이 중간까지는 같기 때문에 나란히 걸을 수 있어서 너무도 기쁘다. 야다몽이 아파서 다행이라고 생각될 만큼, 기쁘다. 내 자신이 괴물 같다고 생각하지만, 기쁘다.

"응—?"

히타카 군은 하늘을 올려다보며 할 말을 찾았다.

"색과 모양?"

쿨하게 대답한 뒤 갑자기 흥분한 말투로 떠들기 시작했다.

"역시 그린 이구아나가 좋아. 왜냐면 산뜻한 초록색에 잘 생겼거든. 나무 위에서 생활하는 것도 좋고. 있잖아, 갈라파고스

섬의 육지 이구아나는 회색에다 코가 둥글게 생겨서 완전히 하마 같거든. 땅 위를 기어 다니기만 하고 말야."

흐음. 이구아나는 다른 종류도 있는가 보네. 우리 야다몽은 괜찮은 종류구나.

"그럼 공룡도 좋아해?"

그렇게 묻자, 응 하며 힘주어 대답했다.

"티라노사우르스, 좋아해?"

당연하다는 듯이 끄덕였다.

"하지만 초식을 하는 순한 것이 좋아. 이구아나의 선조일지도 모르고 말야. 공룡은 새의 선조일 테지만, 이구아나와 새도 닮았잖아."

이구아나와 새가 닮았는지는 모르겠지만, 히타카 군과 얼간이 쓰토무도 닮은 건지 모른다-고 생각이 미치자, 찜찜한 기분이 들었다. 남자애들이란, 어째서, 이… 모양들일까. 도마뱀이나 공룡이 당연히 좋다니.

"히타카 군은 이구아나 안 길러?"

"응. 아빠가 전근을 자주 하니까 또 외국에 나갈지도 모르고. 그렇게 되면 애완동물은 불쌍해지잖아."

아, 상냥해. 나보다 천 배 정도 상냥하다. 쓰토무보다 일억 배 정도 상냥하다. 전혀 안 닮았다.

"진짜 갖고 싶은데. 그린 이구아나랑. 산무애뱀이랑.(야산이나 풀밭에 사는 길이 1미터가 조금 넘는 독이 없는 뱀으로 갈색 바탕에 4개의 검은 줄무늬가 있다-옮긴이) 그리스 육지거북이랑. 아르헨티나 뿔개구리랑(아르헨티나와 우루과이 등에 서식하는 개구리로 화려한 등 무늬와 둥글넙적한 몸, 눈꺼풀이 뿔처럼 솟아오른 특징을 갖고 있다-옮긴이)."

뭐가 뭔지 잘 알아 들을 수는 없었지만, 뱀에 거북이에 개구리? 남자애들이란…!

"그래, 고타케!"

갑자기 히타카 군이 목소리를 높였다.

"「무섭고도 궁금해」에 가자! 뭔가 알 수 있을지도 몰라."

「무섭고도 궁금해」가 어떤 곳인지 알았더라면, 나는 히타카 군과의 「데이트」일지라도 따라나서지 않았을지도 모른다.

그것은, 학교에서부터 우리 집을 지나서 공원 앞 골목길을 두 번 돌아가서 있는 애완동물가게의 이름이다. 단, 그냥 애완동물점이 아니다. 대부분의 여자아이들이 비명을 지르며 줄행랑을 칠 법한 끔찍한 생물들만 바글바글 모아 놓고 파는 가게였다.

"기본적으로는 파충류 전문점이지만, 가게 아저씨가 좀 삐딱한 사람이어서 전갈이며 지네, 타란튤라(대형늑대거미-옮긴이) 같은 것들을 몰래 들여와서 팔고 있거든."

히타카 군의 어이없는 말을 들으면서 나는 「무섭고도 궁금해」라고 하얗게 히라가나로 써있는 검정 플라스틱 간판과 좁은 입구를 통해 보이는 어두운 가게 내부를 번갈아 바라보았다.

"그, 그, 그런 걸, 사는 사람이, 있어?"

온몸에는 소름이 돋아났다.

"있지. 특이한 사람들"

"도, 독이 있는 거 아냐?"

"있어."

"법에 걸리는 거 아냐?"

"들키면 위험할 걸?"

"기르다가 물리면 어떻해? 그보다, 사람을 해치는데 쓰면 어떻게 해? 『얼룩무늬 끈』(코난 도일의 셜록 홈즈 시리즈 중의 하나. 얼룩무늬 독사를 이용해서 사람을 죽이는 추리 소설-옮긴이) 처럼!"

"아, 진정하게나. 왓슨(셜록 홈즈의 가장 가까운 친구이자 조수였던 의사-옮긴이)군."

히타카 홈즈는 빙그레 웃었다.

"지네는 독니를 빼 놓았고, 사람이 죽을 정도의 독이 있는 곤충은 갖다 놓지 않는데. 벌보다 안전하데."

모기보다 위험한 곤충이 있다면 난 절대 사양하겠어.

"여기 아저씨는 요요기 상이라는 분인데 파충류에 대해 진짜 아는 게 많아. 여기가 좀 위험한 애완동물점이기는 하지만 동물들을 얼마나 잘 돌보는지 몰라. 모두 건강하고 쌩쌩해. 믿어도 좋아. 죽어가는 동물을 팔고 있는 백화점 옥상의 잘난 가게와는 비교가 안 되지."

지네며 전갈이 쌩쌩하다고 해서 내가 기쁠 일은 전혀 아니다. 나는 한 걸음, 두 걸음 뒷 걸음질을 쳤다. 히타카 군은 세 걸음, 네 걸음 전진했다. 「무섭고도 궁금해」 가게에 들어가고 말았다.

내가 1분 정도 망설이다가 결심을 하고 멈칫멈칫 거리면서 뒤를 따라간 것은, 히타카 군에게 잘 보이기 위해서도, 야다몽이 걱정 되어서도 아니었다. 지네며 전갈이며 타란튤라가 정말로 있는지 어쩐지 무슨 일이 있어도 알고 싶었기 때문이다.

말 그대로, 무섭고도 궁금해!

바보일지도 모른다.

하지만 가게에 들어 선 순간 후회했다. 그도 그럴 것이 뭔가 꺼림직하다. 뭐가 꺼림직한지 생각하다가, 죽을 것만 같아서, 우회전하여 얼른 나가 버리려 했다.

"고타케―"

히타카 군의 밝은 목소리가 나를 붙잡는다.

아아, 어떻게 하지? 살아서 돌아가지 못할지도 몰라!

나는 숨을 죽이고 바닥에서 천정까지 꽉 들어차 있는 유리 상자는 보지 않으려고 애를 쓰며 안쪽의 카운터로 쏜살같이 달렸다.

"조용히."

알아들을 수 없을 만큼 작게 속삭이는 목소리가 느닷없이 나를 꾸짖었다. 목소리의 주인은 카운터의 건너편에 있는 아빠 나이 정도 되는 남자다. 도마뱀 그 자체의 얼굴에다 작은 키에 빼빼 마르고 음침한 분위기, 소름이 끼친다.

나는, 숨을 죽이는 것을 잊고 그만 숨을 삼켜 버렸다.

"댁의 이구아나가 어떻다고요?"

속삭이듯 말하지만, 무척이나 확실히 귀에 들어오는 낮은 목소리였다. 도마뱀 남자는 나로부터 5센티 정도 가까이에 얼굴을 들이대고 빤히 내 눈을 들여다보았다.

사람을 꼼짝 못하게 한다는 것이 바로 이런 것일까? 몸은 움직이지 않고 목소리도 나오지 않는다. 도마뱀 남자는 상대방의 말을 빨아들여 새하얗게 그 자리에 얼어붙게 만들어 버릴 듯 공포스럽고 싸늘한 분위기를 갖고 있었다.

히타카 군이 대신 말을 해 주었다. 히타카 군은 이 사람이 무섭지 않은 걸까? 나는 전갈이나 타란툴라보다도 무섭다.

"놓아 기르는 것입니까?"

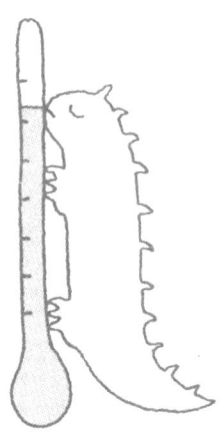

도마뱀 남자가 물었다.

"방 안은 충분히 덥게 해 주었습니까?"

나는 겨우 고개를 끄덕였다.

"몇 도 정도로 해 놓았습니까?"

"이십 오도 이상, 사십 도 이하."

잠겨서 갈라진 목소리로 중얼거리듯 대답하자, 도마뱀 남자는 고개를 갸웃거렸다. 이상하다, 라고 입술이 움직였다.

"난방은 뭘 사용합니까?"

"에어컨. 전기요. 계속 켜 놓는데, 따뜻해요."

"따뜻해가지곤 안 되죠."

도마뱀 남자는 여전히 속삭이는 목소리로 화난 듯이 말했다.

"더워야죠. 무지무지 덥지 않으면 안 된다구요. 사람이 땀을 뚝뚝 흘릴 정도로. 더 이상 그 방에 있지 못 할 정도로 푹푹 찌는 온도가 되어야 한단 말입니다."

그리고 나서, 최고최저온도계라는 것이 있느냐고 묻길래, 뭐가 있긴 있는 것 같아서 그렇다고 대답했다. 최저 온도 표시는 몇 도죠? 라는 다음 질문에 나는 대답을 못했다.

"그런 것도 안 봅니까?"

도마뱀 남자는 내 재킷의 깃을 움켜쥐었다.

"최고최저온도계를 설치해 놓고 보지 않는다니. 아아! 아아! 아아!"

엄마야!

"온도계를 보지도 않고 어떻게 25도 이상 40도 이하라는 걸 알 수 있단 말입니까. 말도 안돼! 아아! 제대로 좀 하시오. 아아!"

히타카 군 살려줘. 웃지만 말고.

여기만 벗어날 수 있다면 매일 아침 4시에 일어나 신문배달을 해도 좋아.

"알았습니까?"

도마뱀 남자는 나의 옷깃을 움켜 쥔 채로 마구 흔들어 댔다.

"당신의 이구아나가 항상 있는 장소가 있지요? 좋아하는 장소 말이요. 거기에 최고최저온도계를 설치하고 최저온도가 25도를 내려가지 않도록 면밀히 주의해 주십시오. 알겠습니까? 당신의 이구아나는 분명 추울 것입니다. 기온이 너무 낮으면 식욕부진에 변비를 일으키고 마릅니다. 기운이 없어집니다. 이구아나에 대해서 잘 알지도 못하면서 무책임하게 기르는 사람이 가장 저지르기 쉬운 실수라 이겁니다."

그리고, 도마뱀 남자는 메모지에 두 개의 전화번호를 휘갈겨 썼다. 하나는 이구아나를 진찰해 주는 동물병원의 전화번호, 또 하나는 「무섭고도 궁금해」의 전화번호.

"언제라도 전화 주십시오. 이구아나의 상태가 이상하면 곧바로 연락해 주세요. 나는 수의사 면허가 없어서 진찰은 할 수 없지만 그 정도의 수의사들보다 이구아나에 대한 공부는 더 많이 했다고 자부합니다. 자신 있습니다. 부디, 부디, 부디, 당신의 이구아나를 소중히 여겨 주시기 바랍니다."

도마뱀 남자는 그렇게 말하더니 내가 무슨 여왕님이라도 되는 듯이 깊숙이 머리를 숙였다.

지네도 전갈도 타란튤라도 보지 않고 가게를 나왔다. 도마뱀 남자가 너무도 무서워서 다른 것은 모조리 잊어버렸다. 그럼에도 불구하고 히타카 군은 말한다.

"요요기 상, 재미있지?"

"어엄청!"

나는 외치듯이 대답했다.

"이구아나가 마구마구 수입이 되긴 하지만, 99퍼센트는 금방 죽어버린데. 모두 사육 방법을 몰라서지. 미국이나 유럽에서는 애완용 이구아나도 흔한 애완동물이고 오래 사는데 말야. 요요기 상은 이구아나에 대한 책이라든가 비디오 같은 걸 외국에서 들여와서 스스로 연구해. 집에는 이구아나 19마리에 뱀 6마리, 거북이 10마리, 도마뱀을 25마리나 기른데."

"전갈은?"

"글쎄?"

히타카 군은 처음으로 고개를 갸우뚱 했다.

"다음에 요요기 상에게 물어봐. 고타케, 전갈을 좋아하냐?"

나는 대답하지 않았다. 「무섭고도 궁금해」의 독기를 받아 현기증이 나며 히타카 군이 조금 싫어지는 것 같은 느낌이 들었다.

나의 공포체험은, 헛되지 않았다.

최고최저온도계라는 것에 대해 아빠에게 물어 보았더니, 그것은 정글짐의 맨 위쪽 기둥에 부착되어 있었고, 26이라는 숫자가 나와 있었다. 그것은 최고 온도였다. 온도계의 밑에 있는 버튼을 누르자 숫자는 18로 바뀌었다. 그것이 최저 온도다.

즉, 야다몽은 25도 이상 40도 이상의 방에 있었던 것이 아니라, 18도 이상 26도 이하의 방에 있었던 것이 된다.

분명히 썬룸은 춥지는 않다. 따뜻하다. 사람에게는 딱 좋은 기온이기 때문에 이구아나에게는 너무 추운 것이다.

에어컨의 온풍장치를 더욱 웅웅 회전시켜 8월의 오후 2시처럼 덥게 한다.

"아무리 전기요금을 받을 수 있다고 해도, 이런 건 인정할 수 없어요."

엄마는 그렇게 말했다.

그러나, 야다몽은 부활했다.

방을 덥게 하자, 갑자기 돌아다니게 되었고, 먹이를 먹게 되고, 똥을 누게 되었다.

아빠의 식욕도 돌아왔다.

도마뱀 남자 요요기 상은 도마뱀처럼 생기기만 한 것이 아니라, 도마뱀에 대해 정말 잘 알고 있구나 하고 생각했다. 야다몽을 몇 년이나 키워서 이구아나에 대해 아주 잘 알게 되면 나도 이구아나 같은 얼굴이 될지도 모르겠네. 설마.

야다몽이 건강해져서 안심이 된다. 역시 축 늘어져 있는 것을 보는 건 불쌍해. 하지만 솔직히 말하면 조금, 조금 아주 조금은 한숨이 나왔다. 빨리 일어나거나 똥을 치우는 것을 하지 않아도 되려나 하고, 살짝 생각한 적이 있잖아? 응?

 나는, 괴물-이다, 몽!

9. 끔찍한 기분

야다몽을 갖다 버리자.
이미, 결정했다.
4월 25일 오후 6시 13분.

 물론 쓰레기처럼 버리는 것은 아니고, 보건소에 갖고 갈 수도 없고, 아무도 모르게 살짝, 몰래 버려야 한다. 증거를 남기지 않도록. 완전범죄가 되도록. 쥬리가 했지, 라며 혹시 아빠에게 맞더라도 시치미를 뗄 수 있도록.
 요 한 달 동안, 우리 가족은 대략 90번은 싸움을 했다. 하루에 세 번으로 쳐서 30일이면 90번. 아무튼 모두들 심기가 안 좋다. 스트레스라고 해야 하나? 부글부글 끓는 속이 점점 쌓여서 때때로 울컥 넘쳐 버린다.
 아빠와 엄마의 화는 무척 하찮은 이유에서 비롯되었다. 하지만, 아빠와 엄마의 말로는 내가 속을 끓이는 이유가 하찮은 것이란다.

즉, 원인은 모두 야다몽에게 있다. 우리들은 모두 이구아나가 있는 생활을 점차, 전혀 참을 수 없이 되어갔던 것이다.

동물-굉장히 손이 많이 가는 동물-을 돌본 경험이 있는 사람이라면 알겠지만, 사흘 돌보는 것과 삼십일 돌보는 것은 천지 차이다. 이제 나는 6시라고 울어대는 자명종 시계를 내동댕이쳐버리고 싶고, 잔솔잎 같은 것은 그냥 통째로 먹이 그릇에 처넣어 버리고 싶어지며, 녹색 똥을 보면…!

그래도, 누구 하나 도와주지도 않는다. 봄 방학 동안에는 아침에도 낮에도 시간이 있으니까 충분히 혼자서 할 수 있지만, 그것이 잘못이었다. 아빠도 엄마도 마음을 푹 놓고, 이제 아무것도 안 해도 된다고 굳게 믿게 된 것이다.

새학기가 되어 6학년이 되면 바빠질 텐데. 틀림없이 엄마보다 바빠질 텐데. 입학 시험은 치르지 않지만 학원에도 다녀야 하고, 공부에 합창반에 화실에 게다가 친구들과 노는 것도.

예를 들면, 아침에 일찍 일어나야 하니까, 일찍 잠자리에 든다. 그러다 보면 학교에서 TV프로가 화제로 될 때도 낄 수 없게 된다. 10시부터 시작하는 미니 시리즈 같은 것 말이다. "어머, 쥬리 짱 그거 안 봤어?"라고 놀랄 때, "이구아나 아침밥 때문에 일찍 자야하거든"이라고 말할 수 있겠는가? 나는 너무도 센스 없는 여자애가 돼 버렸다. 비참하다.

　게다가 내 팔은, 야다몽의 발톱 때문에 긁힌 상처 투성이로 못 봐줄 정도다. 발톱을 잘라도 별로 다를 것이 없다. 이제 곧 반소매를 입게 될 텐데, 어쩌면 좋을지 모르겠다.

　"쥬리 짱, 그 상처는 웬 거야?"라고 물을 때 "이구아나한테 긁혔어"라고 말할 수 있겠는가? 나는 아예 멋대가리 없는 여자애가 돼 버린 것이다. 비참하다.

　게다가, 나는 히타카 군과 「이구아나 프렌드」가 되려고 남 몰래 결심하고 있었으나, 「무섭고도 궁금해」에 이끌려 간 이후로 조금 마음이 변했다. 히타카 군이 싫어진 것은 아니다. 야다몽 일에 대해서는 무척 고맙게 생각하고 있다. 하지만 생각해 봐라. 교실에서 이구아나가 아니라 뱀이며 전갈이며 요요기 상에 대한 이야기를 하게 되면 어쩌냔 말이다.

　나는, 썬룸에 너무 오래 있지 않으려 한다. 「지겨워하면서」 돌본다는 것을 아빠와 엄마에게 인식시켜야 한다. 조금이라도 이구아나에게 흥미가 있는 것처럼 보여서는 안 되는 것이다. 게다가 썬룸은 그렇게 느긋하

게 있고 싶은 장소도 아니다.

너무 덥다. 커튼은 야다몽이 찢어 버려서 밖에서 훤히 들여다보인다. 정글짐과 사용하지 않는 온실과 해먹과 빈 책꽂이밖에 없는, 쓸모 없는 방이다.

그렇다. 아빠와 엄마의 스트레스는 이 쓸모없는 방 때문인 것이다.

아빠는 봄 방학 내내 투덜투덜 불평을 해 댔다. 모처럼의 방학인데, 썬룸에서 느긋하게 책을 읽기에 최고의 계절인데. 아아, 짜증 나. 책을 정리할 장소가 없어서 짜증 나. 새 책을 사 올 때마다 침실에서 책사태가 일어나면 엄마가 째려봐! 우리 집에는 책을 정리할 훌륭한 장소가 있는데, 거기는 텅 비어 있고, 이구아나가 점령하고 자빠져 있네. 끙!

엄마는 아빠의 배 이상으로 불평을 늘어 놓았다. 이구아나를 얻어 온 것은 아빠니까. 봄이 와서 꽃가게에 갖고 싶은 화초의 모종이 잔뜩 나와 있는데, 이것도 사고 싶고 저것도 사고 싶은데, 예쁜 썬룸에서 요것조것 가꾸려고 했었는데, 새로운 화초를 사올 때마다 거실에 발 디딜 데가 없다고 아빠가 째려봐! 우리 집에는 화초를 놓을 훌륭한 공간이 있는데, 거기는 텅 비어 있고, 이구아나가 퍼지르고 있네. 끙!

결국 생각해 보았지만, 아빠도 엄마도 나도 속을 끓이는 원인은 정말로 하찮은 것일지도 모른다. 하지만, 하찮은 스트레스라도 매일매일 쌓이면 무시할 수 없는 스트레스가 되는 것이다.

그리고, 끝내, 사건이 일어났다.

4월 23일 월요일 밤의「작은 사건」. 그 다음날의「엄청난 사건」!

아빠가 퇴근하고 나서 좀체로 이층에서 내려오지 않는다고 생각하고 있던 차에 뭔가 굉장한 고함 소리가 들렸다. 나도 엄마도 깜짝 놀라 뛰어 올라갔다. 그 소리는 썬룸에서 들렸다.

"알았냐? 도마뱀 놈아! 귓구멍 후비고 잘 들어라! 내, 한 번만 더 열 받으면 모가지가 잘리기 전에 그 썩어빠진 학교를 내 스스로 그만 두고 말 테니까! 됐냐? 도마뱀 놈아! 귓구멍 파고 잘 들어! 그 무지막지하고 대문짝 만한 머리통의 얼간이 이사장에게 단단히 맛을 보여 주겠다. 알았냐? 도마뱀 놈아! 네 놈을 식칼로 세 토막을 내서 상자에 담아 빨간 리본을 묶어서 토쿠다, 그 썩을 영감탱이한테 보내 줘 버리겠다! 알았냐?"

아빠의 머리가 어떻게 된 거 아닌가 했다.

"아빠 말야. 토쿠다 큰아버지에게 엄청 들볶여. 아무도 맡고 싶어하지 않는 힘든 일이나 온갖 잡일을 전부 아빠에게 떠맡기는 거야. 게다가 3학년 주임인 하타케야마 상과 영어 교과 주임인 마츠무라 상도, 담임을 맡고 있는 학생들도 아빠를 토쿠다의 친척이라고 들볶아대고."

엄마가 살짝 내 귀에 대고 속삭였다.

어른들은, 바보다. 일은 조금도 즐겁지 않은 것 같은데, 모가지가 잘리고 싶지 않다고 그렇게 기를 쓰다니.

"부엌칼로 이구아나가 잘라질까?"

내가 묻자, 엄마는 얼굴을 찌푸렸다.

"끔찍한 소리 하지도 마."

아빠는 목소리가 갈라질 때까지, 5분도 넘게 소리를 질러 댔다. 그리고 양복 상의와 바지를 벗어서 팔에 걸고 속옷 차림에 땀투성이가 되어서 유령처럼 휘청거리며 방에서 나왔다.

나와 엄마를 보더니 부끄러운 듯이 고개를 떨궜다. 아빠답지 않았다.

저녁 식사는 필요없다며, 침실에서 책을 세 권 꺼내서 팬티 바람으로 다시 썬룸으로 들어갔다.

"나는 이 방을 쓰겠어. 반드시 쓰겠어. 이제 더 이상 못 참아."

엄마는 내버려 두겠다는 듯이 가버렸지만, 나는 부엌칼과 파인애플 쥬스와 티셔츠 한 장을 갖다 드렸다. 밤에는 25도까지 온도가 내려가기 때문에 팬티 바람으로는 추울 것이라고 생각했던 것이다.

아빠는 책을 펼쳐 얼굴에 덮고 바닥에 큰 대자로 누워 있었다. 아빠 위쪽 해먹에서는 야다몽이 자고 있었다. 그만큼 혼이 났으면 놀랐을 텐데 태평스런 녀석이었다.

내가 갖고 온 것을 보더니, 아빠는 고장난 믹서기처럼 크으으 하는 신음 소리를 냈다. 그리고 나서 천천히 물었다.

"너, 저 놈이 귀여우냐?"

"전혀."

나는 얼른 대답했다.

"그 부엌칼로 푹 찔러 주고 싶으냐?"

"전혀."

나는, 마음이 착하지는 않지만, 끔찍한 짓을 할 정도로 터프하지는 않다.

"나도 못 해. 닭고기처럼 맛은 꽤 괜찮을 것 같지만."

그린 이구아나의 고향인 중남미의 마을에서는 고기 파는 가게 앞에 식료품으로 매달려 있다고 한다.

"크리스마스가 되면 칠면조처럼 오븐에 통째로 구어 토쿠다 영감에게 선물할까."

내가 말했다. 이런 말을 하는 것도, 부엌칼을 갖고 온 것도, 끔찍하고 나쁜 농짓꺼리이지만, 아빠는 지금껏 들어 본 적이 없는 큰 목소리로 유쾌하게 웃었다.

"우리 집 오븐에는 안 들어갈 걸. 옛날식 스토브가 필요하겠는데. 유럽의 시골 같은 데 있을 법한 소를 통구이하는, 큼직한 스토브 말이야. 거 괜찮겠네. 크리스마스의 로스트 이구아나라."

우리들은, 히히히히, 낄낄낄낄 하고 언제까지고 웃으며 뒹굴었다. 겨우 웃음이 멈추자 아빠는 갑자기 피곤한 얼굴이 되어서는, 한숨과 함께 작은 목소리로 중얼거렸다.

"좋겠다-. 정말로 구어 버리면."

끔찍한 이야기로 조금 흥분되어서인지, 그날 밤 나는 자명종 시계 맞추는 것을 잊었다. 덕분에 다음날 아침에는 야다몽을 돌

볼 시간이 거의 없었다. 식빵 하나를 그대로 먹이 그릇에 담아 갖고 가서, 야다몽은 보지도 않고 썬룸을 뛰어 나왔다.

그리고, 대사건이 일어났다.

엄마는 8겹 벚꽃이 아름답기로 유명한 공원으로 일찌감치 나가고 없었다. 아빠와 나는 물론 학교로. 그리고 최초로 집에 돌아온 사람은 나. 그 엄청난 집 안을 처음으로 본 것은 나였다.

정말로 굉장했다.

아무튼, 현관의 우산꽂이부터 시작해서, 거실의 화초, 선반의 장식물, 테이블 웨건의 조미료, 소파의 쿠션, 아빠의 CD, 전화대 위의 메모지와 볼펜, 부엌 개수대의 세제며 수세미, 가스렌지 위의 된장국이 담긴 냄비-이른바, 온갖 것이 바닥에 떨어지고, 쓰러지고, 깨지고, 쏟아져 뒤죽박죽이 되어 있었다.

엄마가 목숨 다음으로 소중히 여기던 마이센의 도자기 인형(마이센은 독일의 황실 도자기를 만드는 회사 이름이다. 소녀와 꽃 등을 정교하고 아름답게 묘사한 도자기 인형으로, 세계적 명품이다-옮긴이) 파편과 아빠의 CD 더미와 된장국의 두부를 짓밟지 않도록 주의하면서, 나는 놈을 찾았다.

도둑이라고도, 지진이라고도 생각하지 않았다.

거실의 레이스 커튼이 찢겨서 누더기 천처럼 매달려 있는 것만 보고도, 야다몽의 소행임을 알 수 있었다.

전에 썬룸을 망쳐 놓았을 때와 똑같다. 야다몽이 어떻게 그곳에 있었을까 싶은 점도 마찬가지였다.

전에는, 온실 안에 있어야 했을 야다몽이 멋대로 슬라이드 문을 열고 썬룸으로 나와 있었다. 지금은 썬룸에 있어야 할 야다몽이-멋대로 문을 열고 1층으로 내려 왔다?

나는 계단을 전속력으로 뛰어올라 2층으로 갔다. 썬룸의 문은 30센티 정도 열려 있었다. 이구아나가 나오기에 충분할 만큼, 열려 있었다.

역시!

하지만, 금속제의 둥근 손잡이를 돌려서 열 수 있는 도마뱀이 있을까? 설마.

누군가가 문을 연 것이다. 엄마-가 열었을 리 없다. 그럼, 내가 깜빡하고 닫지 않았나? 어떻게 된 거지? 기억이 나지 않아. 확실히 확실히 꼭 닫았다-라는 자신은 없다.

가슴이 두근두근 했다.

야다몽은 썬룸에 없었다. 아빠와 엄마의 침실을 들여다보았을 때, 나는 몸 안의 힘이 빠져나가 주저앉고 말았다.

어떻게 하지?

어떻게, 그 바보 도마뱀 한 마리로 인해, 이런 심한 일이 일어날 수 있는 거지?

작은 책장이나 종이 박스에 다 못 넣고 쌓아 둔 아빠의 책, 엄마 화장대 위의 병, 그리고 최후의 일격은 옷이었다.

엄마는 외출하면서 무엇을 입고 나갈지 망설이며 이것저것 걸쳐 본 뒤 옷장에 넣어 두지 않고 침대 위에 놓고 나간 모양이다. 저 쫙쫙 찢겨 있는 모노톤 원피스는 '디오르'라던가? 깃이 뜯겨져 나간 베이지 색 수트는 '지방시'라고 했던가? 그 반대였나? 커다란 구멍이 뚫려 있는 호랑이 얼굴의 스웨터는 세일가로 4만 엔이 싼지 비싼지를 놓고 아빠와 대판 싸움을 했던 물건이구나.

어떻게 하지?

야다몽을 찾을 기운 같은 것은 없었다.

어디 창문이 열려서 밖으로 나가 두 번 다시 돌아오지 않았으면 좋겠다. 얼마나 좋을까.

엄마는 나를 죽일지도 모른다!

엄마는 딸을 죽이겠다고는 하지 않았다. 그놈의 도마뱀을 죽이겠다며 한 손에 식칼을 들고 집 안을 뛰어다녔다. 보는 것은 물론, 발소리를 듣는 것조차 무서워하면서.

엄마와 내가 아직 야다몽을 찾아내지 못하고 있는 동안에 아빠가 돌아왔다.

아빠는 엄마로부터 칼을 빼앗고 나서 자초지종을 듣더니, 아무 말도 하지 않고 나의 따귀를 찰싹찰싹 왕복으로 때렸다. 아팠다. 언제나 아빠에게 맞을 때는 한쪽 뺨뿐이었고, 그렇게 아프지도 않았다.

그러나 이번에는 진심인 것이다. 진심으로 화가 난 것이다.

나는 있는 힘껏 울어 제쳤다.

아프고, 비참하고, 화나고, 분하고, 슬프고 이제 모든 것이 싫었다.

"쥬리를 때리지 마요!"

엄마가 외쳤다.

"그놈의 도마뱀이 나쁜 거예요!"

"도마뱀도 나쁘지만 쥬리도 나빠!"

아빠가 소리쳤다.

"문을 열어 놓다니. 어쩌면 그렇게 멍청하냐. 어쩌면 그렇게 부주의해!"

"내가 안 그랬어! 야다몽이 멋대로 열고 나갔단 말이야아—!"

"문 손잡이를 돌려서 열 수 있는 도마뱀이 세상에 어딨어?"

"있을지도 모르잖아아—!"

아빠 말이 맞는다는 것은 알지만, 떼쟁이처럼 발을 동동 구르며 소리질렀다.

"시끄러!"

"나, 이제 싫어! 이제 이구아나 같은 건 싫어! 절대로 싫어! 이제 아무것도 안 할 거야! 절대로 안 할 거야!"

아빠가 다시 한 번 나를 때렸고, 엄마는 폭력을 쓰지 말라고 소리지르며 아빠에게 달려들어, 두 사람은 프로레슬러처럼 날뛰면서 싸우고 있었다.

"피해 총액은 적게 잡아도 30만 엔이야! 토쿠다 영감에게 청구해요!"

엄마는 아빠의 넥타이를 양손으로 힘껏 잡아당겼다.

"그게 말이 돼?"

아빠는 눈의 흰자위를 드러냈다.

"돌팔이 의사한테도 2만 엔이나 들었다구요! 게다가 차 기름 값! 그리고 전화비! 3만 엔도 넘는다구요! 임시 비용으로 33만 엔, 으으응, 정확히 35만 엔 받을 권리가 있어요!"

엄마는 아빠의 턱을 양 손으로 붙잡고 부들부들 떨었다.

"억지 쓰지 마."

아빠는 엄마의 어깨를 붙잡고 떼어내려고 힘을 주었다.

133

"전기요금과 먹이 값도 겨우 5만 엔 갖고는 예산을 넘는데! 농담도 유분수지! 저런 성가신 걸 떠맡으려면, 10만 엔 정도는 뺏어와야 할 거 아니에요!"

엄마는 아빠의 가슴에 박치기를 먹였다. 아빠는 "꾀에엑" 하고 비명을 지르며 엄마의 발을 짓밟았다.

"그게 될 것 같냐? 나는 가만 있어도 미움을 받는데. 앞뒤가 캄캄한데."

"당신이 무능한 거예요!"

엄마는 발을 밟힌 채로 아빠의 와이셔츠 깃을 잡아 당겼다. 위쪽 단추 두 개가 뜯겨져 튀었다.

"뭐야! 당신이야말로 무능해! 더 절약하면 5만 엔으로 해결될 텐데. 당신은 슈퍼의 세일 전단을 체크한 적이나 있어? 주부 태만이야! 도대체 말이야, 그 비싼 옷이나 맨날 사 들이고 말이야!"

"옷 몇 벌 산 것 갖고 뭐가 어쨌다고?"

와이셔츠의 단추가 또 두 개 떨어졌다.

나는 우는 것을 잊은 채 넋을 놓고 바라보고 있었다.

바보 아냐?

우리 집은 전에는 그래도 괜찮은 가정이었던 것 같은데. 이구아나 때문에 아빠도 엄마도 나도 점점 바보천치가 되어가네. 완전 바닥이네.

싸움이 길어지고 있었기 때문에 나는 쥬스라도 마셔야겠다고 생각하고 냉장고를 열었을 때, 냉장고 위에 있는 야다몽을 발견했다.

이런 소동 속에서, 녀석은 태평스럽게 자고 있었다.

믿을 수 없다.

인간님들께서 이처럼 열심히 바보 같은 싸움을 하고 있는데 도마뱀 놈은 실컷 못된 짓을 저지르고 시치미 뗀 얼굴로 푹-하니 잠을 자고 있다.

용서할 수 없다.

그때 결심했다.

이놈을 내다 버리자.

10. 한밤중은 추워!

한밤중이 되려면 아직 멀었다-.

하마도 두 손 들고 갈 듯이 입을 크게 벌리고 다섯 번 연속으로 하품을 했다. 아아, 괴롭다. 나는 꽤나 저녁형 인간이었는데, 일찍 자고 일찍 일어나는 아침형 인간으로 변해 버린건가. 어두운 방에서 침대에 꼼짝 않은 채, 소리도 내지 않고, 눈을 뜨고 있어야 한다는 것은, 고문 그 자체다.

잠들면 안 돼. 잠들면 안 돼 잠들면, 잠…

깜짝 놀라, 베개에서 머리를 든다.

고요-했다. 무섭게 고요했다. 침대에서 미끄러져 내려와서, 소리가 나지 않도록 방문을 조금만 열었다. 계단의 불은 꺼져 있었다. 아빠와 엄마의 침실 불빛도 꺼져 있었다. 가슴이 두 방망이쳤다.

책상 위의 스탠드를 켜서 시계를 보니 1시 25분. 좋은 시간이다. 그래도 용케 눈이 떠진 것이다. 운이 좋았다. 분명히 하느님께서 내편을 들어 주고 계신다.

재빠르게, 잠옷을 운동복과 진으로 갈아입는다. 창고에서 몰래 갖다 놓은 야다몽 전용의 검은 천 가방을 둘둘 말아 옆구리에 낀다.

발끝을 들고 살금살금.

썬룸의 손잡이를 잡으니 오싹할 정도로 차갑다. 천천히 돌린다. 따뜻한 공기가 훅 새어 나온다. 이 새카만 어둠 속에 야다몽이 있다고 생각하니 왠지 무섭다. 왼손으로 전등의 스위치를 더듬어 찾고 오른손으로 소리를 내지 않게 문을 닫았다. 찰칵 하고 크게 울리는 소리, 심장이 오그라든다.

심호흡을 한 번 크게 하고 마음을 진정시켰다.

야다몽은 평소와 마찬가지로 해먹에서 몸을 반쯤 내민 채 깊은 잠에 빠져 있었다. 아무것도 모르고. 앞으로 무슨 일이 일어날지 전혀 알지 못하고.

정말, 내가 할 수 있을까?

야다몽을 누더기 가방에 넣고, 공원으로 옮겨 가 놓고 온다.

생각은 간단하지만, 실행하는 것은 훨씬 어렵다.

한밤중인 1시 반에 옷을 입고 일어나 있는 것만으로도, 굉장히 나쁜 일을 하고 있는 듯한 느낌이다. 한밤중인 1시 반이 지나서 어두운 바깥으로 나간다는 것만으로도 이미 범죄를 저지르고 있는 듯한 느낌이다. 한밤중인 2시가 다 되어서 공원에 이구아나를 버리게 되면 이미, 이미…!

순경 아저씨에게 발견되면, 체포되어서 감옥에 들어가게 될까. 열두 살이라는 나이에 전과 1범이 되는 걸까.

내 방으로 돌아가 얌전히 잘까.

하지만, 그렇게 하면 지금으로부터 4시간 반 후에 다시 여기로 오지 않으면 안 된다. 내일도 모레도 글피도 그 다음날도 6시가 되면 여기로 와야 한다. 나는 이구아나 같은 것은 필요 없고, 엄마도 이구아나 같은 건 필요 없으며 아빠도 이구아나 같은 건 필요 없다. 우리 집에 이구아나가 있어서는 안 된다. 역시, 절대로 있어서는 안 된다.

해먹에서 자고 있는 야다몽을 내리려면 디딤대가 필요했다. 어딘가에서 소리를 내지 않고 의자를 끌어 올 강한 정신력이 없다면, 그 작고 둥근 티테이블을 사용할 수밖에 없다.

올라서니, 흔들흔들 흔들렸다. 역시나 의자를 갖고 왔더라면 좋았을 걸 하고 후회했다. 테이블 위에 개구리처럼 웅크리고 앉았다가 우선 일어선다, 그리고 허리를 편다, 그리고 나서 손을 뻗어 그 왕도마뱀을 안아 내린다, 고 생각했다.

역시, 방으로 돌아가 잘까.

혹시 실수를 해서 들키면 아빠는 뭐라고 할까? 때릴 것이다. 왕복 따귀가 아니라 주먹 일지도 몰라.

나는, 하얀색 둥근 티테이블 위에서 개구리가 된 채로 숨을 죽이고 가만히 있었다. 이런 스타일은 편하지 않다. 멋있지도 않다. 할까, 하지 말까, 빨리 정하자.

대문을 뛰쳐나와 누더기 가방을 끌어안고 있는 힘껏 달렸다. 지금이라도 뒤에서 아빠가 쫓아와서 내 운동복의 등을 낚아채는 것은 아닐까 하고 가슴이 뛰었다.

실수를 했기 때문이다.

굉장한 소리가 났다. 야다몽을 해먹에서 내릴 때 발밑이 휘청거려 나는 콰당 하며 떨어졌고, 뒤이어 테이블도 콰당 하고 쓰러졌던 것이다. 정신없이 썬룸을 뛰어나와 계단을 뛰어내려와-.

멍멍, 멍멍멍!

어딘가에서 개가 짖었다. 쥐죽은 듯 고요한 심야의 주택가에 그 소리는 마구 시끄럽게 울려 퍼졌다.

짖지 마!

누군가 일어나는 것 아닐까. 순경 아저씨가 쫓아오지 않을까. 엉덩이에 제트 엔진이 달려 있기라도 하듯이 쌩쌩 달렸다.

그 개는 짖기를 멈추었지만, 다음 개가 짖기 시작했다.

캥, 캥, 캥, 캐갱!

어째서 세상에는 개라는 것이 있는 것일까?

겨우 짖는 소리가 들리지 않게 되었다. 숨을 몰아쉬며 멈춰 선다.

나는 뻗대고 있는 야다몽을 두 팔로 안은 채 한 손에 가방을 들고 있다. 꼬리가 흔들려 무릎 언저리를 때렸다. 쾅쾅거리는 심장이 한꺼번에 터질 것 같다.

녀석, 깼나.

이구아나는 잠이 들면 좀체로 일어나지 않는다. 하지만 지금은 노골적으로 안고 뛰었고, 개는 짖어 댔고-.

어두워서 야다몽의 얼굴은 보이지 않는다. 꿈틀거리며 조금 몸을 움직이는 느낌이 손으로 전해져 내 입에서 비명이 나올 것만 같았다. 어쩐다! 패닉을 일으켜 도망가 버릴지도 몰라!

한 번 더 꼬리를 휘두르고 나더니 이구아나는 움직이지 않았다. 나는 온 몸이 굳어버린 채, 숨을 죽이고 기다렸다.

야다몽이 다시 잠들었다는 것을 알았을 때, 이제 야다몽이 도망을 친다 해도 그다지 상관이 없다는데 생각이 미쳤다. 그렇지 않아도 버리러 온 것이다. 여기서 사라지든 공원에서 사라지든 뭐가 다른가?

하지만, 여기가 어디지?

나는 도둑처럼 방심하지 않고 주위를 살폈다. 집과 공원 사이에 있는 골목일 텐데, 어두워서 잘 모르겠다.

갑자기 무서워졌다.

한밤중인 1시 반이 지나서, 뻗대고 있는 이구아나를 안고, 모르는 장소에 있다.

일단 무섭다고 생각하자 점점 더 무섬증이 부풀어 갔다. 몸 안 가득 부풀어서 골목 가득 검은 도깨비처럼 뭉게뭉게-. 아아! 이렇게 어둡지 않았다면! 이구아나 같은 것을 갖고 있지 않았다면! 여기가 어딘지 알았다면!

이제 나는 거의 패닉 이구아나였다. 엉망진창으로 내달리게 될 것만 같았다. 진정해. 진정해. 손이 떨리지 않도록 주의를 하면서 야다몽이 깨지 않도록, 살살 누더기 가방에 집어넣었다. 심호흡을 다섯 번 했다.

골목을 나오자, 어딘지를 금방 알 수 있었다. 역 앞 도로에 연결되는 좁은 언덕길. 마음이 놓인 것도 한순간, 엔진 소리를 크게 울리며 차가 달려온다. 순찰차인가? 아니다. 이런 한 밤중에 택시도 트럭도 아닌 보통 승용차를 타고 가는 사람은 무슨 일이 있는 걸까. 하얀 차를 운전하고 있는 사람은 남자인 것 같았다. 굉장한 속력으로 날아간다. 나를 보았을까? 그런데 멈추지 않네.

이런이런.

순경아저씨뿐만이 아니다. 어떤 사람에게 들켜도 성가시다. 깊은 밤 2시가 다 되어서 초등학생 여자아이가 검정색 큰 가방을 안고 혼자서 타박타박 걷는 것이 눈에 띈다면, 분명히 「이상하다」고 생각할 것이다.

인적이 드물 것 같은 좁은 뒷길을 골라 몰래 걸었다. 인적이 드문 길은 어두웠다. 쓸쓸했다. 무서웠다. 금방이라도 길을 잃을 것만 같았다. 알고 있는 길이지만, 낮과는 달리 그 길이 아닌 것만 같아서 모퉁이 하나를 돌 때마다 가슴이 두근거렸다.

한밤중의 공원에서는 처음 맡는 냄새가 났다. 신선하고도 축축한 냄새다. 어둡고, 쓸쓸하고, 무서운, 냄새다.

연못과 숲과 운동장이 있는 큰 공원은 낮에는 무척 즐거운 곳이지만, 밤이면 냄새뿐만이 아니라 정말로 쓸쓸하고 정말로 무섭다.

순경아저씨를 만난다기보다는 살인자를 만날 것만 같다. 도깨비도 만날 것만 같다.

연못에서부터 비스듬하게 경사가 져서 내려가는 숲 속을 터벅터벅 가로질러 간다. 차가운 바람이 불어온다. 가지가 휘어지듯이 크게 흔들리고 뭔가 딱딱한 것이 뺨을 스쳐 나도 모르게 으악, 하고 소리쳤다. 나뭇잎이었다. 바람이 불 때마다 팔랑팔랑 떨어져 내린다.

걸음을 멈췄다.

이제 괜찮지 않을까? 이 근처에 놓고 가자.

누더기 가방을 숲의 큰 나무 밑에 놓고 주위를 살폈다. 누구에게도 들키지 않았다. 빨리 도망치려고 하지만, 발이 움직이지 않는다.

정말로 여기가 좋을까? 내일 아침, 될 수 있는 한 빨리 사람에게 발견되는 곳이 좋은데. 이구아나를 기르고 싶어하는 친절한 사람이 주울 수 있는 곳이 좋은데. 그런 사람이 있을까?

가방에 넣은 채로는 안 된다. 뭔지 알 수도 없고, 이렇게 더러운 것을 주울 사람은 없다. 지퍼를 조금만 열었다. 목만 내놓을 수 있도록. 하지만, 목이 나오면 몸 전체가 나와 버릴 것이다. 그 편이 나을지도 모르겠다. 그렇다. 가방은 증거품이 될 것이다. 경찰견인 셰퍼드가 냄새를 맡고 우리 집을 찾아올지도 모른다.

셰퍼드? 경찰?

누군가 주운 사람이 이구아나를 경찰에 보낼지도 모른다고 생각하니, 너무 무서웠다.

나는 정말 바보다.

이구아나가 우리 집에서 없어지는 것만 생각했지 발견되어 집으로 돌아오는 것은 전혀 생각하지 않았다. 이렇게 가까운 공원 같은 데 버리면 들켜 버릴지도 모른다.

하지만 내가 버렸다는 것까지는 들키지 않을 것이다. 어쩌면 경찰에 보내지지 않을지도 모른다. 버려진 고양이를 주워서 기르는 사람은 많이 있으니까 버려진 이구아나를 주워서 기르는 사람도 있을지 모른다.

문득, 요요기 상이 생각났다.

그 사람이라면, 버려진 이구아나를 발견했을 때, 친절하게 보살펴 줄지도 모른다. 음. 틀림없이 도와줄 것이다. 경찰에 보내거나 하지 않고 가게에서 잘 보살펴 줄지도 모른다. 상품으로 내놓아, 정말로 이구아나를 원하는 좋은 주인을 찾아줄지도 모른다. 그래. 분명히 그렇게 될 것이다. 나쁘지 않다. 야다몽은 지금보다 훨씬 행복해 질 수 있다.

넓은 공원을 빙 돌아서, 「무섭고도 궁금해」가 있는 공원의 서쪽 입구로 서둘러 갔다. 셔터가 닫혀 있어도 「무섭고도 궁금해」 가게 앞은 무서웠다. 지네와 전갈과 타란튤라가 나와서 돌아다니는 것을 깜빡해서 밟으면, 하고 생각하자 발끝에서 머리끝까지 오싹오싹 거렸다.

가게의 셔터 앞에 누더기 가방을 내려놓았다. 지퍼를 열고 야다몽을 살짝 꺼냈다. 콘크리트 보도 위에 자고 있는 이구아나를 내려놓았다.

야다몽이 잠 깨는 것이 먼저일까, 요요기 상이 발견하는 것이 먼저일까?

숨이 막히고, 가슴 한 켠이 시큰거렸다. 왜 그러지?

4월 말 깊은 밤의 거리는 추웠다. 25도는 당연히 안 되고, 10도가 될지 어떨지도 알 수 없다. 운동복 차림의 내가 덜덜 떨릴 만큼 추우니까 야다몽은 더더욱 춥다. 어느 정도 추우면 이구아나가 죽을까.

보도 위에서 장식품처럼 자고 있는 이구아나는, 무척이나 멍청하게 보였다. 무척이나 의지할 데 없이 보였다.

이 녀석은 어쩌면 이리도 바보일까. 위태롭다든가 위험하다는 것을 예지하고, 알아차리는 본능이라든가, 그런 것이 없는 걸까? 추울 때 잠들면 죽게 된다는데, 아침이 되면 동사하게 될까? 그렇지 않으면 잠에서 깨어나 어디론가 어슬렁어슬렁 돌아다니다가 차에 치이게 될까?

−부디, 부디 당신의 이구아나를 소중히 여겨 주십시오.

요요기 상의 목소리에 나는 벌떡 일어났다.

주위를 두리번두리번 둘러보았지만, 그 말라깽이 기분 나쁜 남자의 모습은 보이지 않았다.

−고타케. 그거, 그린 이구아나냐?

히타카 군의 쾌활한 목소리가 들렸다.

목소리는 나의 머리 속에서 울리고 있었다.

뼈 속까지 파고드는 듯 차가운 바람이 등에서 배로 빠져 나가고 있었다.

아아, 안 돼!

좀더 따뜻한 밤이어야 해.

예를 들면, 8월의 밤처럼.

집 앞 길에 수상한 남자가 있었다.

잠옷 위에 코트를 입고 맨발에 슬리퍼를 신고 있다. 문 앞을 오른쪽으로 3미터 정도 달리다가 곧바로 방향을 바꾸어 왼쪽으로 4미터 정도 달린다. 긴 코트가 망토처럼 펄럭펄럭. 슬리퍼가 타닥타닥.

아빠였다!

나는 그대로 우회전하여 도망치려 했다. 그러자, 방금 지나친 모퉁이에서 하얀 속치마 위에 긴 가디건을 걸치고 털실 스키 모자를 뒤집어 쓴 여자가 달려왔다.

엄마였다!

"쥬리!"

아빠가 목청껏 큰 소리로 외쳤다.

"아아, 쥬리!"

엄마가 비명처럼 외쳤다.

이상야릇한 모습으로 시끄럽게 이름을 부르는 아빠와 엄마 사이에서 나는 도망갈 곳을 찾지 못했다.

아빠가 나의 어깨를 움켜쥐고, 엄마가 아빠와 나를 한꺼번에 끌어안았다.

"쥬리!"

두 사람은 다시 외쳤다.

야다몽을 썬룸에 넣은 뒤, 모두 거실 소파에 앉았다.

엄마가 스키 모자를 벗자 30개 정도 되는 컬을 말아 놓은 커다란 머리가 나왔다.

아빠는 아직 코트를 입고서 주머니에 손을 찌른 채 궁상을 떨고 있다.

"마침 화장실에 가려고 일어났었다. 썬룸의 문이 열려 있고 불이 켜 있더라."

아빠는 물끄러미 나를 바라보았다.

"바보같은 딸내미가 한밤중에 이구아나와 놀고 있구나 생각하고 혼내주러 갔더니, 둘 다 없더군."

그 대목에서 나는 고해를 했다. 즉, 무엇을 생각하고 무엇을 했는지를 다 이야기했다.

얼마나 화를 낼까-생각했는데. 얼마나 맞을까- 생각했는데.

아빠도 엄마도 잠자코 있었다. 혼나는 것보다도, 맞는 것보다도 무서운 느낌이었다. 너무 오랫동안 두 사람이 잠자코 있었기 때문에 이제 두 번 다시 내게 말을 걸지 않으려나보다 생각했다. 겁이 나서 울기 시작했다.

한밤중에 이구아나를 들고 도둑처럼 살금살금 거리를 헤메고 돌아다녀 완전히 지쳐 있었다.

"옳지, 옳지."

엄마가 아기를 어르듯이 말했다.

"우유 갖다 줄게."

엄마가 전자렌지에 우유를 데우고 있는 동안에 아빠는 작은 여자아이가 밤중에 헤메고 다니는 일의 위험성에 대해 3분간의 설교를 했다. 나는 감사하게 듣고 있었다. 갓난아기도 아니고 그만큼 어린 여자아이도 아니지만, 잔소리를 해주거나 신경을 써주는 것은, 기뻤다.

"여보, 이제 됐어요."

엄마가 뜨거운 우유를 내 손에 건네면서 아빠의 설교를 가로막았다.

"쥬리가 오늘 밤 저걸 버리러 가지 않았더라면, 분명히 내일 밤 내가 버리러 갔을 거예요."

아빠는 헛기침을 했다.

"그것과 이것과는 별개의 문제야."

나는 후루룩 하고 우유를 마셨다. 혀가 데일 것 같았지만, 너무너무 맛있었다.

아빠는 내가 우유 마시는 것을 한동안 잠자코 바라보고 있었다. 그리고 갑자기 시선을 떨구더니 혼잣말처럼 물었다.

"그런데, 어째서 다시 갖고 온 거냐?"

나는 아빠와 엄마의 얼굴을 번갈아 빤히 바라보았다.

"추워서."

그리고 덧붙여 말했다.

"절대로 25도가 아니었어."

아빠와 엄마는 얼굴을 마주보았다.

"그래서, 8월에 다시 한 번 갈까 하고."

한동안 아무도 입을 열지 않았다.

겨우, 아빠가 입을 열었다.

"그럼, 그때 나도 데리고 가주라."

웃음을 참고 있는 듯한 목소리였다.

"차 태워 줄게."

"그래요. 어차피 버릴 거라면 아주 멀리 가는 게 낫겠네."

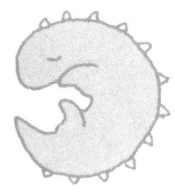

엄마가 말했다. 진지한 목소리였다.

그리고 나서, 나는 침대에 쓰러져 5분쯤 잤다 싶었는데, 웬걸. 7시 20분이 되어 있었다.

이구아나 샐러드는 엄마가 벌써 만들고 있었다. 그리고 아빠가 그 샐러드를 야다몽에게 가져다 주었다.

11. 가장 과학적인 일기

8월.

썬룸은 초록색의 방이었다.

벤자민, 포토스, 행운목, 유카 잎이 뜨거운 바람에 흔들거린다. 하이비스커스와 부겐베리아가 화려한 빛깔의 꽃을 잇달아 피우고 있다.

뻥이다.

행운목의 새싹은 모두 먹혔고, 벤자민의 이파리도 적지 않게 피해를 입어 비참한데다가, 하이비스커스의 새빨갛고 탐스러운 꽃은 피는 족족 사라져 간다…

하지만 그곳은 역시 초록색의 방이었다.

여름이 다가오자, 아빠는 썬룸을 「즐거운 열대의 방」으로 만들자고 제안했다. 이판사판-즉, 어차피 이구아나 때문에 찌는 듯 더운 것은 기정 사실이니까 라틴풍으로 우리들도 즐기자.

아빠가 하이비스커스와 부겐베리아를-바겐세일 할 때까지 기다리지 않고 출시되자마자 매우 비쌀 때-사 왔기 때문에, 엄마도 투덜투덜 소중한 화분을 반 정도 원래 자리로 되돌려 놓았던 것이다. 게다가, 고무나무와 훼닉스와 슈로 화분을 정가로 척척 사들이자, 엄마는 불평이 이만저만 아니다.

아빠는 그 외에 열대어와 접이식 테라스용 의자, 그리고 화려한 꽃무늬가 그려진 두꺼운 천의 커튼을 사고, 야다몽이 이제는 사용하지 않는 온실을 해체해서 창고로 옮겼다. 마지막 마무리는 일요일의 목공 작업. 책장에 유리문을 짜넣고 야다몽이 열지 못 하도록 안전장치를 달았다. 이리하여 아빠의 책이 썬룸으로 모두 돌아왔다.

그럼, 아빠의 여름방학은-.

창문을 모두 열어 제치고 망사문을 달아 더운 바람을 끌어들이고, 해변에서 입는 바나나 색깔의 트렁크 팬츠에 큰 선글라스, 접이식 테라스용 의자에 길게 누워, CD 플레이어로 브라질 음악을 들으며 이글거리는 햇볕에 썬탠을 하면서 혀가 얼얼해지는 윌킨슨의 진저엘(일본에서 시판되는 알콜 음료의 유명 상표-옮긴이)을 몇 병이나 마시고 2리터쯤 되는 땀을 흘리며 좋아하는 책을 읽는다.

아빠는 정말로 건강에 좋다고 말하고, 엄마는 위와 피부에 치명적인 손상을 주는 질 나쁜 다이어트라고 말한다. 여름방학이 되고 2주일이 지났는데, 아빠는 3킬로 정도 체중이 줄고 살짝 그을러서는, 태평스레 하품만 연이어 하고 있다.

 엄마는 변함없이 이구아나가 무서워 썬룸에 가까이 가지 못하지만, 나는 틈날 때마다 종종 놀러간다. 아빠의 「즐거운 열대의 방」은 썩 괜찮네.

 찌는 듯이 덥긴 하지만 식물의 향기가 가득하고, 만다린 오렌지 빛깔의 캔버스 천 테라스 의자도, 리드미컬한 브라질 음악도, 유유히 헤엄치는 엔젤피쉬도, 키가 큰 컵에서 거품을 올리는 진저엘도, 멋진 「여름!」 그 자체다.

 해먹에서 늘어져라 자고 있는 긴 꼬리의 황록색 이구아나도 틀림없이 「여름!」 느낌 그 자체.

 조오타.

 그래서 나는 수박이나 파파야, 빙수나 아이스캔디를 먹을 때면 썬룸으로 간다. 아빠에게도 갖다 드리면 아빠도 내게 씁쓸한 진저엘을 한 모금 준다. 그것은 정말로 써서 컵에 입을 갖다 대기만 해도 코가 찡해지며 기침이 난다. 마시면 목구멍이 데인 듯이 찌릿찌릿해 진다. 땀이 다 난다. 엄마는 절대로 못 마시게 하기 때문에, 아빠에게 한 모금 얻어먹는다면 그거야 말로 행운이다.

 아빠와 이구아나는 각자 상대방을 상관하지 않고 찌는 듯 무

더운 방에서 각자 하고 싶은 걸 하고 있다. 그러면서도 아빠는 말한다.

"이 놈이 있으니까 좋네. 나 혼자서는 이런 더위에서 도저히 견딜 수가 없을 텐데, 이 녀석이 있으니까 뭐 좀 더워도 그게 당연한 것 같단 말이야."

잘은 모르겠지만, 아빠가 야다몽을 볼 때마다 토쿠다 영감을 떠올리며 세 동강 내서 구워버리고 싶어했던 때와 비교하면, 굉장히 사이가 좋아진 것 아닐까? 기분이 내키면 야다몽의 화장실이며 썬룸 청소를 도와주기도 한다.

엄마는 여전히 야다몽을 싫어하지만, 샐러드만은 매일 아침 만들어 준다.

아빠와 엄마는 내가 야다몽을 버리러 갔었던 그 4월의 밤부터, 웬 일인지 완전히 협조적으로 변했다.

하지만, 나도 마찬가지다.

그날 밤부터 마음을 고쳐먹었다. 야다몽을 보는 눈이 달라진 거다. 뭐랄까. 야다몽은 토쿠다 영감의 사기에 걸려들어 억지로 떠맡은 이구아나에서, 추운 밤에 꽁꽁 얼거나 미아가 되어 죽을 뻔한 것을 살려준 이구아나가 된 것이다. 자기가 버리러 갔으면서, 라고? 그 말 한 번 이상하게 하네. 하지만 내버려 둘 수 있었는데도 무사히 데리고 돌아왔는 걸?

그때 야다몽이 차가운 아스팔트 보도 위에서 얼마나 멍청하고, 얼마나 애처롭고, 얼마나 불쌍하고 의지할 데 없이 보였는지.

사랑이 싹 텄다-고는 말하지 마. 책임감이라는 것과도 조금 달라. 하지만 말이야, 내가 어떻게든 해 주지 않으면 안 된다고 정말로 생각했었어.

아빠와 엄마는 다시 내가 한밤중에 혼자서 이구아나를 버리러 나가지 않도록 신경을 써 주는 것 같기는 하지만, 야다몽이 우리 집에서 함께 사는 것에 모두가 꽤나 길들어 버린 것 같다.

매미가 맴맴 시끄럽게 울었다.

8월 5일 오전 10시. 창을 활짝 열어 놓은 썬룸의 기온은 이미 31도나 되었다.

아빠는 테라스 의자에서 선글라스가 코까지 미끄러져 내려온 것도 모르고 벗은 배 위에 문고본을 얹은 채 잠들어 있었다.

나는 테이블 위에 공책을 놓고 야다몽을 찾았다. 이 공책은, 그냥 공책이 아니다. 여름 방학 숙제인 자유 탐구. 즉, 이구아나 관찰 일기다.

이봐, 야다몽!

아, 있다 있다. 아주 자리 제대로 잡았네.

야다몽은 열대어 수족관에 텀벙 잠겨 기분 좋은 듯이 가만히 있었다. 엔젤피쉬들은 귀찮고 덩치 큰 이구아나에게 기죽지 않고 힘차게 주위를 팔랑팔랑 헤엄치고 있다. 이구아나는 물론 물고기를 먹지 않으며 물고기와 싸움도 하지 않는다.

 평화롭다. 시원스럽다. 상쾌한 기분.

 사진 찍을 찬스다! 나는 서둘러 내 방에서 카메라를 갖고 왔다. 플래시가 번쩍하자 멍하니 선잠이 깬 것 같은 야다몽이 뭔가, 하고 이쪽을 보았다. 네, 또 한 장. 좋아, 치-즈. 물 속 이구아나의 입이 싱긋이 웃는 것처럼 보였다.

-8월 5일. 이구아나는 수족관에서 열대어들에게 폐를 끼치며 미역을 감는다.

 관찰 일기를 쓰는데 있어서 곤란한 것은, 이구아나의 생활이 매일 똑같다는 것. 오늘처럼 수족관에 들어가 주면 쓸 것이 생기지만, 언제나 아침이면 제일 먼저 똥을 누고, 밥을 먹고, 그 근처를 어기적어기적 거리고 점점 움직이지 않고 졸다가 푹 잔다-이것뿐이다.

 역시 관찰 일기라면, 싹이 나오고, 떡잎이 나오고 본 잎이 나오고, 넝쿨이 뻗고, 꽃봉오리가 맺히고 꽃이 피고 하는 식이어야 한다. 즉, 성장 말이다. 갓 태어난 새끼 이구아나였다면 먹이

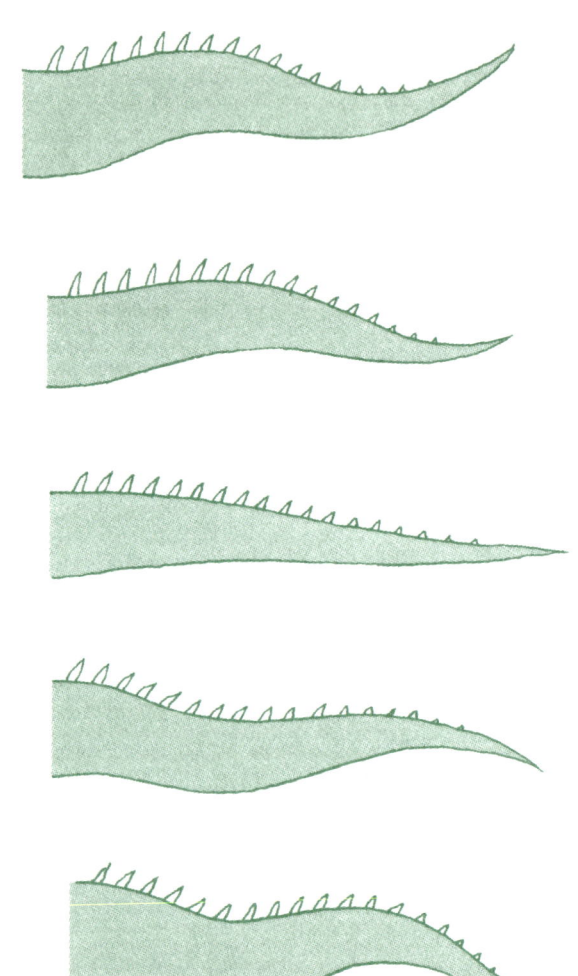

를 많이 먹고 쑥쑥 자라는 것을 기록할 수 있겠지만, 야다몽은 이미 거의 어른이어서 별로 성장하지 않는다.

일기의 첫 페이지에 전신을 찍은 가장 괜찮은 사진을 붙이고 신장, 체중 같은 것을 써 놓았다. 마지막 페이지도 똑같이 할 생각이지만, 별로 변동이 없을 것 같다.

사진 밑에는 간단한 스케치를 했다. 스케치라기보다는 서툴기 짝이 없는 만화다. 야다몽이 보고 자기라는 걸 알았다면 분명히 화를 낼 것이다. 얼굴은 하마에, 턱 밑에 뚱뚱한 할아버지처럼 「목주머니」를 늘어뜨리고 배가 뽈록 나와 있으며 팔 다리도 굵고 등지느러미는 비쭉비쭉한 그림.

왜 이런 것을 그렸는가 하면, 이구아나의 신체 부위를 뭐라고 부르는지, 사육 지침서에서 그대로 옮겨 적었기 때문이다. 예를 들면 목주머니는 「뷰렛」이라든가, 엉덩이의 구멍은 「총배설강」이라든가, 머리끝부터 꼬리끝까지가 「전장(全長)」이고, 머리끝부터 총배설강까지가 「SVL」(Snout Vent Length-옮긴이)이라고 해서 이구아나의 크기를 정확하게 말할 때의 단위라든가 하는 것이다. SVL 같은 것을 쓰면 굉장히 과학적이고 멋있게 보여서 뭔가 으쓱해지는 느낌.

관찰 일기를 더욱 과학적으로 멋있게 써서 으쓱해지기 위해 나는 야다몽의 먹이를 연구하기로 했다. 이제까지는 나도 엄마도 귀찮아서 마치 하나밖에 모르는 바보처럼 지침서의 이구아나 샐러드만 매일 만들었지만, 새로운 메뉴에 도전하는 것이다.

엄마는 싫어하니까 장보기에서부터 요리까지 나 혼자서 하기 시작했다. 그런데도 엄마는 아직도 투덜거렸다. 아니, 뭘 그렇게 잔뜩 사들이는 거니? 냉장고가 꽉 차 버리잖아, 여름에는 금방 상한다구, 아유, 아까워라! 저 놈의 도마뱀에게 베지테리언 풀 코스라도 먹일 셈이냐?

「베지테리언 풀 코스」라는 것은, 야채와 과일과 달걀만을 써서 스프에서 디저트까지 7가지 요리를 내는, 미나미 아자부에 있는 레스토랑의 요리로, 굉장히 맛있다고 한다.

관찰 일기를 조금 소개하겠다.

-7월 28일

흐림. 오전 9시 40분, 기온 29도. 이구아나는 똥을 누지 않았다.

오늘의 메뉴는, 주식이 차조기 잎(10장)과 누에콩(어제 저녁 식사에서 남은 것 3개, 절구로 찧어 준다), 부식은 냉두부에 달걀 프라이와 머스크메론. 이구아나는 달걀 프라이를 가장 맛있게 먹었다. 누에콩은 남긴 것이 딱딱해져서인지 그다지 먹지 않는다.

이구아나는, 움직임이 좋지 않다. 식사 후, 정글짐의 햇살이 잘 드는 곳에서 눈을 감았다 떴다 하며 가만히 있다.

오후 1시. 기온 33도. 소나기. 해먹에서 가만히 있다. 점점 더 멍하니 있다.

오후 4시 30분, 기온 32도. 소나기. 해먹의 그 자리에서 졸고 있다. 번개 소리에 때때로 눈을 뜨지만, 무섭지는 않은 모양이다.

-7월 29일

맑음. 오전 10시 10분. 기온 31도. 큰 똥을 누었다.

오늘의 메뉴는, 주식이 가지콩(어제 저녁 식사 분 중 남은 것)과 크레송과 녹미채(삶지 않은 것)와 불가리아 요구르트를 믹서기에 간 것-특제 요구르트 쉐이크. 부식은 치즈빵.

치즈빵은 매우 좋아한다. 그것만 먹고 싶어한다. 기름기가 많기 때문에 몸에 좋지 않은데, 한 개를 통째로 먹어 버린다. 뜯어 줄 때 물렸다. 남은 빵으로 때려 주었지만 빵이 부드러워서 맞은지도 모른다. 이구아나의 턱에 갈색 요구르트 쉐이크가 덕지덕지 묻어서 수염이 난 것 같다. 닦아 주려 했는데, 도망갔다.

-7월 30일

맑음. 오전 9시 55분. 기온 33도. 보통 똥.

오늘의 메뉴는, 주식이 모로헤이야 잎과 크레송. 부식은 수박과 바나나와 건포도. 모두 한 잎 크기로 잘라 섞어서 위에 미국산 이구아나 먹이(새 먹이 같은 사료)를 뿌린다음, 또 섞는다.

잘 먹는다. 거의 한 그릇을 단숨에 먹어 버린다. 이렇게 더운데, 과연 열대동물은 다르다.

오늘은 정말로 무덥다. 햇빛이 쨍쨍 내리쬐는 이 방은 지옥이다. 이구아나는 막강 파워. 성큼성큼 돌아다니고 있다. 먹이 이외에도 하이비스커스 꽃을 남김없이 먹어치우고 벤자민 나무에 기어 올라가 잎을 먹는다.

오후 2시. 기온 37도.

이구아나는 해먹 위를 산책하고 있다. 이 방에 사람이 5분 이상 있는다면 죽어 버릴지도 모른다.

-8월 4일

맑음. 오전 10시. 기온 30도.

… … … … …

이구아나가 왠지 지저분해졌다. 피부가 황색을 띠고 여기저기가 벗겨져 있다. 탈피다. 이구아나는 파충류이기 때문에 탈피를 한다. 오래 된 껍질을 버린다. 뱀처럼 쑥 벗겨지는 것이 아니라, 사람이 햇볕에 탔을 때의 피부처럼 조금씩 너덜너덜 벗겨진다. 벗겨지기 시작한 껍질을 사악 떼어내는 것은 재미있다. 등지느러미가 가장 재미있다. 볼펜 뚜껑처럼 쑥 빠진다. 재미있어서 오랫동안 하고 있으면 싫

어하며 도망간다. 하지만 껍질이 제대로 벗겨지지 않으면 그곳이 굳어져서 병이 되기 때문에 도와주는 것은 좋은 일이다.

8월 4일 일기의 마지막에는 예쁘게 벗겨진 등지느러미의 껍질을 스카치테이프로 붙였다. 정말 과학적이다!

8월 5일의 페이지에는, 수족관에서 미역을 감는 야다몽의 사진을 붙일 예정이다. 매우 과학적인 설명도 붙였다. 아빠가 지침서에서 읽어준 것을 그대로 썼는데 대단한 내용이 있다.

-중남미의 이구아나는, 매일 스콜이라는 굉장한 소나기를 맞는데, 그것이 탈피에 도움이 되는 것 같다. 따라서 일본에서 키우고 있는

이구아나도 수족관에서 미역을 감게 하거나 물뿌리개로 물을 뿌려 주거나 목욕을 시켜 주는 것이 좋다.

  나는 야다몽을 목욕시키고 싶어졌다. 또 굉장히 과학적인 관찰 일기를 쓸 수 있게 되지 않을까.
  하지만 어떤 식으로 해야 할까? 히타카 군의 미국 친구인 마크가 이구아나와 함께 목욕을 했었다고 했는데. 그때는 별일이 다 하고 말았지만, 정말로 하려고 하니 굉장히 힘들 것 같다.
  즉, 함께 목욕을 한다면 나는 벌거벗어야 될 것이고 녀석의 발톱에 온 몸을 할퀴게 될지도 모르지 않는가? 아무리 과학을 위해서라고 해도 그런 것은 싫다.
  엄마에게 상담을 해 보았더니 중남미의 스콜처럼 와락 화를 냈다. 도마뱀을 욕조에 담근다니, 정말 어쩜 그렇게 기분 나쁜 짓들을 잘도 생각해 내는 거냐? 나는 그렇게 기분이 나쁜 욕조에는 두 번 다시 못 들어간다. 엄마가 평생 목욕을 못 해도 좋니? 저렇게 스텐레스로 깨끗하게 해 놓은 욕조에 도마뱀 발톱 자국이라도 냈다가는 알아서 해!
  엄마가 그런 말을 하지 않았다면 나는 포기했을지도 모른다. 하지만, 야다몽이 들어갔다 나온 욕조를 엄마가 정말로 평생 동안 쓰지 않을지, 너무나 궁금해졌다.

목욕은 항상, 저녁식사 후 8시쯤에 한다. 아빠가 쉬는 날은 가장 먼저 하고 싶어하기 때문에 더 늦어진다.

아빠가 허리에 만다린 오렌지색 목욕 타올을 두르고 『카이마 나히라-』(Kaimana Hila, 하와이의 전통 노래-옮긴이)를 부르면서 냉장고에서 진저엘을 찾고 있을 때, 시계는 8시 30분을 가리키고 있었고 엄마는 거실 TV 앞에 앉아 요코스카의 야스코 숙모와 무선전화기로 수다를 떨고 있었다. 언제나 최소한 1시간은 떠든다.

"쥬리, 어서 목욕해라. 욕조 덮어 놓는 것 잊지 말고."

엄마는 수화기에서 입을 떼지도 않고 명령한다. 네, 네, 하고 나는 얌전하게 대답했다.

후후후후후.

야다몽은 잘 자고 있기 때문에 운반하기가 쉬웠다. 세탁기 위에 있는 옷 담는 바구니에 야다몽을 놓고, 나는 서둘러 옷을 벗었다. 그리고 엄마의 옷장에서 몰래 빌려 온 에어로빅 복으로 갈아 입는다. 7부 소매에 5부 팬츠인데 내가 입으니까 긴 소매에 7부 팬츠가 되네. 거 참 편리하네.

세면대의 거울로 보니 진짜 이상했다. 가슴 부분이 헐렁헐렁한 데다가 검정과 야광 핑크와 에메랄드 그린의 조화가 요란스럽다. 물에 들어가기보다는 서커스에서 줄타기라도 해야 할 것 같다.

야다몽을 가슴에 안고 다시 거울을 보았다. 사진을 찍을 수 없는 것이 안타까웠다. 그다지 과학적으로 보이지 않아서 다행이긴 하지만.

욕실의 문을 닫았다. 아빠는 평소처럼 물을 반 이상이나 넘쳐 없앴다. 수증기가 뭉게뭉게 피어 오른다. 으으, 덥다. 이렇게 더울 때는 샤워만 해도 괜찮을 것 같은데, 엄마는 하루에 5분이라도 욕조에 몸을 담그지 않으면 감기에 걸린다고 믿고 있다. 평소에는 감시하러 오는데 오늘은 전화 때문에 오지 않을 것이다.

그건 그렇고.

야다몽은 아직 자고 있었다.

어떻게 할까. 안고 들어가는 것보다, 욕조에 텀벙 던져 넣는 것이 재미있을 것 같은데. 헤엄을 칠지도 모르고 말이야. 이구아나는 소리를 내지 않으니까 비명을 지르지도 않을 테고.

손을 넣어서 더운 물을 온도를 알아 보았다. 아빠는 뜨거운 물을 좋아하기 때문에 생각없이 들어갔다가는 낭패를 당한다. 으으, 뜨겁다. 뜨겁지만 이구아나는 뜨거운 편이 좋을지도 모르겠다.

내던지는 것은 아무래도 좀 불쌍하니까 수면에 띄우듯이 살짝 놓아 주었다. 꼬록꼬록꼬록 거리며 가라앉는다.

은색으로 빛나는 스텐레스 욕조 바닥에 황록색 왕도마뱀이 가라앉아 있다. 물이 약간 초록색을 띤다. 신기한 느낌이 든다.

이구아나는 아가미가 없지만, 물 속에 오랜 시간 가라앉아 있어도 아무렇지도 않다. 수족관 속에서도 30분 정도 있을 수가 있다. 뜨거운 욕조에서도 30분 정도 잠겨 있는 게 가능할까 생각하고 있는데, 갑자기 머리가 쑤욱 올라왔다. 몸이 떠오른다. 앞다리가 욕조 가장자리를 움켜쥔다.

왠지 떨린다.

네스 호에서 괴물 넷시가 나타날 때의 느낌이 바로 이런 것일지도 모르겠다.

"야아, 넷시-."

내가 불렀다.

"괴물아."

"공룡아."

"도마뱀아."

괴물이자 공룡이자 도마뱀인 야다몽은 멍한 눈으로 나를 보고 있다.

여기는 어디지? 나는 누구지? 라고 말하는 눈. 졸려, 하는 멍청한 눈초리. 앞다리로 욕조를 붙잡고 늘어져 녹색의 몸을 둥실

띄우고 있는 포즈는 좀 귀엽기도 하면서 멍청했다. 역시 넷시와도 티라노사우르스와도 닮지 않았다. 이구아나는 이구아나.

"야다몽."

이번에는 이름을 부르자, 목소리가 잠겨서 유다우모오옹…이라고 울렸다.

나도 욕조에 들어가기로 했다. 야다몽의 꼬리를 밟지 않도록 발끝, 무릎, 오른쪽 발과 왼쪽 발을 넣었다. 허리를 굽혀 녀석을 물에서 떠안았다.

그리고 가슴에 안듯이 하여 함께 욕조 속에 들어 앉았다. 코와 코가 부딪힐 듯 가까이서 눈을 마주쳤다. 까맣고 둥근, 예쁜 눈동자다. 너무 떨린다. 나 역시 이구아나가 된 느낌이다. 뭐랄까, 이렇게 길고 긴 꼬리가 있고 등지느러미가 있고 더운 것을 좋아하고 나뭇잎을 맛있게 먹고…

야다몽을 욕실 바닥으로 꺼내어 샤워기로 더운 물을 쏴아쏴아 뿌려 주면서 샴푸를 해 줘도 괜찮을까 하고 생각하고 있는데, 갑자기 "꺄아아아꺄아아아" 하는 무서운 비명 소리가 머리 위에서 쏟아져 내렸다.

엄마였다.

아직 무선전화기를 귀에 댄 채로, 요코스카의 숙모가 기절할 만한 정도의 굉장한 비명을 질러댔다.

"으아악, 으아악, 으아악! 도마뱀이 목욕하고 있어!"

그 소리에 모처럼 얌전했던 야다몽은 패닉을 일으켜 나를 붙들고 늘어질 것처럼 달려들었다. 아픔을 느낌과 동시에 지지직하는 불길한 소리가 났다. 천이 찢어지는 소리였다. 엄마의 호화찬란한 에어로빅 옷이 지지직…

8월 8일의 관찰 일기는 최고로 과학적이긴 했지만, 나는 「구석구석 철저하게 반짝반짝」 욕실 청소와 일주일 동안의 간식 금지와 이달과 다음달 용돈 몰수의 벌을 받았다. 배에는 두 개의 긁힌 상처를 만들었다.

엄마는 매일 밤 욕조에 잘도 들어간다. 이구아나가 들어갔던 욕조에.

할 수 없잖니, 라고 엄마는 말했다. 더운 물에 몸을 푹 담그지 않으면 지독한 여름감기에 걸린다고.

12. 숯덩이가 되긴 싫어!

 이케부쿠로의 토오자이 백화점 옥상에는 애완동물 가게가 있다. 굉장히 넓고 깨끗하며 여러 가지 애완동물이랑 여러 가지 애완용품을 팔고 있다-는데, 애완동물 가게 따위는 딱 싫어하는 엄마의 이야기인 이상 별로 믿을 게 못 된다. 엄마는 짐꾼이 필요할 뿐이다. 백화점의 여름상품 최종처분 대세일에서 큰 쇼핑백 5개 분량의 쇼핑을 하고, 아빠와 대판 싸움을 할 예정인 것 같다.
 뭐, 괜찮다. 어차피 나는 할 일도 없고. 파충류용 칼슘제를 사고 싶다. 이구아나는 질릴 정도로 칼슘이 필요한 동물로, 마른 멸치나 건새우를 먹이는 것 말고도 그런 영양제도 주는 것이 좋다-고, 과학적 관찰 일기에 썼다.
 「무섭고도 궁금해」 가게에 가면 분명히 15종류 정도의 칼슘제가 있을 것이다. 하지만 거기에 가느니 백화점을 3군데 돌며 큰 쇼핑백을 양손 가득 드는 편이 낫지.
 옥상의 애완용품점은, 엘리베이터를 내리자마자 보이는 곳에 있다. 건너편이 꽃집. 통로의 막다른 곳은 문이고 바깥의 옥상 정원으로 나갈 수 있게 되어 있다.

엄마는 5층의 부인복 매장에 있을 테니까 칼슘제를 사면 찾아오라고 내게 말하고 엘리베이터로 사라져 갔다.

에고에고, 부인복 매장에서 엄마를 찾는 것은 귀찮은 일이다. 어차피 어딘가 피팅룸에 틀어박혀서 눈에 띄지 않을 것이다.

얼른 칼슘제를 사고 6층 장난감 매장을 좀 어슬렁거려 봐야겠다 생각하고, 나는 애완용품점 안으로 들어갔다.

엄마의 말은 정말이었다. 그곳은 넓고, 유리로 된 우리는 반짝반짝 닦여 있었으며 나쁜 냄새도 나지 않고, 히말라얀, 아메쇼, 골든 리트리버 같이 혈통이 있는 개와 고양이 새끼들을 팔고 있었다. 너무나 귀엽다. 너무나 비싸다. 25만 엔이나, 35만 엔이나 하네.

줄무늬의 풍성한 꼬리가 예쁜 다람쥐, 코총코총 시끄럽게 울어대는 잉꼬, 돌처럼 보이는 커다란 회색 거북이도 있다. 그리고…

나의 눈은, 좀더 큰 유리 우리에 붙박혔다.

눈에 확 띄는 선명한 녹색. 에메랄드 그린. 10센티 정도 되는, 꼬리까지 쳐도 10센티 정도인, 자그마한 장난감 같은 도마뱀이 와글와글와글. 굉장하다. 몇 마리나 되는 거지?

-그린 이구아나 3천 엔

나도 모르게 숨을 삼켰다.

농담이야? 이구아나가? 이게? 이 새끼가? 이게 야다몽과 같은 이구아나라고?

단 돈 3천 엔?

먹이 값과 전기료로 한 달에 몇 만 엔이 드는지 모르는데, 원래는 3천 엔이라니, 사기 아냐?

나는 반짝거리는 유리 우리에 바짝 붙어서 손자국을 내며 띵해진 머리로 우리 안을 우두커니 들여다보고 있었다.

"고타케-."

등 뒤에서 귀에 익은 목소리를 듣고, 이번에는 머리를 유리에 부딪혔다.

"히타카 군?"

하늘색 긴소매 티셔츠에 검게 그을린 얼굴과 손발 때문에 다른 사람처럼 보였다. 키도 큰 것 같다. 눈부신 느낌. 히타카 군의 말하는 목소리마저 반짝반짝 눈부신 느낌이었기 때문에 나는 무슨 말을 하는지 알아들을 수 없는 채로, 기쁘게 응, 응 하며 대답했다.

"야, 고타케, 그놈들 안 사냐?"

그놈들?

"너희 집, 이구아나 두 마리 더 안 키울래?"

한 번 더, 유리에 뒤통수를 부딪혔다.

이구아나를 두 마리 더? 단 한 마리의 이구아나에 겨우 조금, 그럭저럭 익숙해지기 시작했는데, 야다몽 말고도 키라이다몽(싫어해!) 이라든가 이라나이몽(필요없어!) 같은 것을 키우라는 것인가.

나는 고개를 잽싸게 가로저었다.

"2천 엔밖에 없고, 다 써 버리면 안 되거든."

"돈? 빌려줄게."

히타카 군은 아주 진지한 얼굴로 말했다.

"아니면, 내가 살게. 혹시 고타케가 키워 준다면."

나는 히타카 군이 너무도 진지한 얼굴을 하고 있었기 때문에, 대답을 할 수가 없었다.

"이놈들 빨리 좋은 사람이 사주지 않으면 죽어버릴 거야."

히타카 군은 눈썹을 찌푸렸다.

"나는 못 키우거든. 그래서 여기 오지 말아야겠다고 다짐하면서도 결국은 오게 되고 말아."

"왜 죽는다는 거야?"

나는 진지한 히타카 군과 말하는 것이 낯설어서 당황하며 물었다.

"영양이 나쁘거든. 아마 양상추 조각밖에 주지 않을 걸. 가게 주인은 그렇지 않다고 말하지만, 분명히 그럴 거야. 아무것도 모르면서."

가게의 아주머니가 히타카 군을 기분 나쁜 눈으로 째려보았다. 히타카 군은 저 사람에게 이구아나 먹이 주는 법에 관해 의견을 말한 걸까. 잔솔잎이나 청경채를 듬뿍 주라고 해서, 화가 난 걸까.

믿을 수 없다.

그러고 보니, 전에「무섭고도 궁금해」에 갔을 때, 백화점 애완동물 가게의 동물들이 건강하지 않다고 말했었지.

「무섭고도 궁금해」의 요요기 상이라면 백화점 점원들과 싸움이라도 하겠지만, 히타카 군에게 그런 오지랖 넓은 캐릭터는 어울리지 않는다.

언제나 멋있기 때문에.

나는 왠지 갑자기 얼굴이 달아올랐다. 히타카 군이 히타카 군답지 않은 것에 적응이 안되는 데다가, 다혈질적이고 오지랖 넓은 요요기 상을 닮는 것은 싫다는 생각을 하면서 왠지 가슴이 두근두근해졌다. 영문을 알 수 없었다.

이구아나 새끼들은, 우리 속에서 거의 움직이지 않고 있다.

움직이지 않는 것이 아니라 움직이지 못하는 걸까. 배가 고픈 걸까. 칼슘이나 비타민 A가 부족한 걸까.

애들에게 이구아나 샐러드를 먹이면 건강해져서 뛰어다니게 될까.

아-아.

나는 "잠깐만!"이라고 말하고 집으로 돌아가 덮밥이라도 한 그릇 만들어 오고 싶어졌다.

"미안해."

입 속으로 중얼거렸다. 히타카 군에게 한 말 인지 도마뱀들에게 한 말 인지 알 수 없었다. 매일 영양 만점의 샐러드를 배달해 줄 수도 없고, 한 두 마리라도 맘대로 데리고 갈 수도 없었다.

"괜찮아. 미안."

이번에는 히타카 군이 사과했다.

"그런 말을 한 내가 무리지. 미안해."

그리고 나서 히타카 군은 평소처럼 밝은 얼굴과 목소리로 돌아가서 갑자기 화제를 바꾸었다.

"근데, 고타케는 이구아나 산책시키냐?"

"산책?"

"마크는 자주 공원에 데리고 갔어. 자, 이런 줄로 묶어서."

히타카 군이 손에 들고 보여준 것은, 노란색 끈. 이구아나의 산책용 가죽끈이라고 한다.

"개처럼 목에 묶는 게 아니야."

히타카 군이 설명했다.

"봐, 이구아나는 목이 없잖아. 머리와 몸통의 굵기가 별로 차이가 없으니까 목에 걸어도 쏙 빠져버리겠지. 그래서, 앞다리 밑에 묶어서 쓰는 거야."

이구아나가 그 노란 끈에 묶여서 어기적어기적 땅위를 걷고, 내가 끈의 반대편 끝을 잡고 뒤따르는 그림을 상상해 보았다.

"산책…이라."

나는 중얼거렸다.

"공원…"

관찰 일기에 써먹을 수 있겠다. 칼슘제보다, 훨씬 재미있을 것 같다!

"괜찮을 것 같네."

혼잣말처럼 말하자,

"괜찮아."

히타카 군은 명쾌하게 대답했다.

나는 이구아나 용 노란색 산책 끈을 사 버렸다. 야다몽에게는 마른멸치나 건새우로 칼슘을 보충하면 된다.

그리고, 몸 안의 용기를 불러일으켜 떨리는 목소리로 물었다.

"이,이구아나 산책 말이야, 가, 같이 가지 않을래?"

그 다음날은, 더할나위 없이 화창하게 개인 날씨. 히타카 군은 이른 오후에 전화도 없이 불쑥 집으로 찾아 왔다.
"이구아나에 어울리는 날씨다."
말 그대로, 썬룸의 온도계는 38도를 가리키고 있었다.
히타카 군은 썬룸을 마음에 들어 했다.
"짱이다, 독방이네. 이구아나 천국인데."
히타카 군은 야다몽도 마음에 들어 했다.
"색깔 예쁘다. 눈 참 예쁘다. 잘 생겼다."
이름이 뭐냐는 물음에 나는 무척이나 난처했다. 오죽하면 「티라」라고 말할까 했지만, 5초 정도 망설이다가 정직하게 고백했다.
"고타케, 너 진짜 재밌다."
그 말은 비웃음일까, 칭찬일까.
히타카 군이 가르쳐 주는 대로, 나는 쭈뼛거리면서 야다몽에게 산책 끈을 묶었다.
"그럼, 갈까."
히타카 군이 경쾌하게 하는 말에, 나는 그만 깜짝 놀랐다.
"자루…에 안 넣어도 괜찮아?"
"무슨 자루?"

공기 구멍이 뚫린 검정 누더기 가방 이야기는 하고 싶지 않았다. 보여주기는 더욱 싫었다.

그리하여, 나는 끈을 오른손에 쥐고 왼쪽 어깨에 「뻗대고」 있는 야다몽을 척 얹은 채로 산책하러 나서게 되었다.

아빠 엄마가 집에 있었다면 「뻗대고」 있는 야다몽은 밖으로 나갈 수 없었을 것이고, 공원에 갈 수 있었을지도 의심스럽다.

어젯밤, 산책용 끈을 보여 주었을 때 아빠는, 조심하라고 말했다. 사육 지침서에 의하면, 이구아나를 너무 무방비 상태로 데리고 나가서는 안 된다고 한다. 즉, 우리 엄마처럼 이구아나를 「보기조차 싫어하는」 사람이 있기 때문이다.

하지만 두 사람 다 집에 없었다.

그 누구도, 나와 히타카 군과 야다몽을 가로막지 않았기 때문에, 긴장하여 달달 떠는 여자아이와 태평스럽게 휘파람을 불고 있는 남자아이와, 뭘 생각하고 있는지 모를 이구아나는, 무차별적인 주목을 받으면서 거리로 나아갔다.

공원에 도착할 때까지는, 매우 운이 좋았다. 야다몽은 얌전했으며 누구도 이구아나를 가리키며 비명을 지르거나, 기절하거나, 안아 보겠다고 달려들거나 하지 않았다.

나는 종종걸음으로 빨리 걸었다. 공원에 닿기만 하면 사람이 없는 숲 같은 데서 천천히 걸을 수 있을 거라고 생각했다. 이구

아나를 무서워하는 사람이나 만지고 싶어하는 사람이 오지 않을 것 같은, 고요한 잡목림이 좋다.

하지만, 그것은 터무니없이 잘못된 생각이었다.

이구아나는 나무를 기어오른다.

그것은 알고 있다. 녀석은 원래 나무 위에서 생활하는 동물이고, 썬룸의 화분에 심겨진 벤자민이라도 타고 올라간다. 하지만, 이구아나가 어떤 식으로 나무를 기어오르는지, 나는 정말 알지 못했던 것이다.

석남 공원의 북쪽에 있는 잡목림. 땅바닥에 내려졌을 때, 이구아나 야다몽의 본능이 눈을 떴다. 온 몸의 피가 펄펄 끓어오르는 것만 같았다.

파워-, 개시!

어마어마한 기세에 나의 손은 끌려갔다. 산책 끈이 있는 대로 팽팽하게 당겨졌다. 야다몽은 잽싸게도 가장 가까이에 있는 나무에 매달려 오르기 시작했다. 나는 꺄아-꺄아-소리를 지르고, 히타카 군은 당황하여 끈으로 손을 뻗었다.

사람보다도 이구아나 쪽이 백배는 날쌨다. 언제나 태평스럽게 축 늘어져 졸고 있던, 그 이구아나가!

나는 끈을 쥐고 있을 수 없었으며, 히타카 군은 끈을 놓쳐 버렸다. 야다몽은 신나게 나무 위를 향해 올라갔다.

나는, 먹이 이파리가 떨어지기를 기다리는 멍청한 이구아나처럼, 멍하니 입을 벌렸다.

"어떻게 하지?"

내가 중얼거리자,

"붙잡아 올게."

히타카 군은 믿음직스럽게 나섰다. 그리고 야다몽이 올라가 있는 나무의 가장 아래 가지에 손과 다리를 걸쳤다. 그것은 가지가 옆으로 많이 뻗어 있는 비교적 오르기 쉬워 보이는 나무였다. 잎 모양으로 보아서는 단풍나무 같았다.

히타카 군은 쓱쓱 올라가서는 이미 초록색 잎에 가려져 보이지 않는 야다몽을 쫓고 있었다.

너무 멋있다!

나는 아슬아슬해서 가슴이 울렁거렸다. 재미있게 됐는 걸, 하고 생각했다. 이런 장면을 TV에서 본 적이 있다. 나무 꼭대기로 도망가 움직이지 않는 고양이를 구하기 위해 긴급구조대가 출동하는 장면. 짱이다.

"고타케!"

나무 위에서 히타카 군의 목소리가 쏟아져 내렸다.

"옆 나무로 가버렸어-!"

재밌다!

"어느 쪽 옆?"

"오른쪽!"

"오른쪽이…"

"고타케 쪽에서, 그러니까, 왼쪽! 이구아나는 가지를 타고 건너갔는데, 나는 안돼. 지금 내려가서 그쪽으로 올라갈게."

"내가 갈게."

그러는 쪽이 빨라서만은 아니었다. 나도 재미있는 것을 하고 싶었다. 나무를 타고 싶어서 근질근질했다. 그 나무도 역시 단풍나무 같아서, 가장 아래 가지에 어떻게든 기어오를 수 있을 것 같았다.

나는 키가 작지만, 운동에는 꽤나 자신이 있다.

나무타기는 정말로 즐거웠다. 그냥 타는 것만도 재미있는데, 이구아나를 쫓는 긴급 구조대가 된다는 것은 아무 때나 할 수 있는 일이 아니다.

"야다모-옹!"

나무를 타면서 야다몽을 불렀다. 거칠거칠한 나무 줄기를 왼팔로 안고 오른손으로 가지를 움켜지고 위를 올려다보니, 온통 선명한 초록색뿐이라서 머리가 어질어질하다. 하늘과 공기 조차 모두 초록이 된 것 같다. 나는 초록색에 파묻혀 나무 한 가운데서 미아가 된 것만 같았다.

이런 초록색의 세계에서 초록색 이구아나를 찾는다는 것이 가능할까? 보호색이라 했던가?

싱싱한 초록색의 단풍잎은 어제 백화점에서 보았던 이구아나의 새끼들과 닮았다. 머리가 다시 어지러웠다. 셀 수 없을 만큼 많은 이구아나 새끼들이 가지에 주렁주렁 매달려 바람에 흔들리고 있는 듯한 느낌이 들었다.

"고타케-, 있어-?"

밑에서 히타카 군의 목소리가 들려오자 퍼뜩 정신이 들었다.

"안 보여."

이구아나가 어딘가에 있을 나무 위를 올려다보며 대답한다.

"나, 다른 데 올라가 볼게."

"OK."

이번에는 아래를 내려다보며 대답하는데, 머리가 어질어질하다. 꽤 높다. 떨어지면 죽는 거 아니야? 목 한 군데에 다리 두 군데 정도는 부러질 것 같다.

갑자기 겁쟁이가 되었다. 아직, 꼭대기까지는 멀었는데, 땅에서도 꽤 높은 가지에 걸터앉아 꼼짝 못하게 되었다. 위를 보아도 아래를 보아도 머리가 어지러워서 히타카 군이 오르겠다던 옆 쪽 나무를 바라보았다. 후텁지근한 나뭇잎 냄새가 난다. 이파리와 함께 쪄지고 있는 고기 경단이 된 듯한 느낌이 든다. 틀림없이 열대의 정글은 이럴 것이다. 야다몽은 분명 지금 너무도 행복하지 않을까.

너무 더워서 숨쉬기조차 괴로워 일단 땅에 내려가 바람이라도 쏘일까 하고 생각하는 순간, 뭔가 노란색이 나풀나풀 움직이는 것이 보였다.

"그쪽 나무에 있어-! 끈이 보여!"

나는 큰 소리로 외쳤다. 그렇다. 이구아나는 초록색이지만 산책용 끈은 해바라기처럼 노란색인 것이다.

그때였다.

갑자기, 강한 빛이 번쩍였다. 누군가가 카메라 플래시를 터뜨린 것 같았다. 곧이어, 우루르릉 하는 소리가 울렸다. 조금만 더

나무에 있다가는 밑으로 굴러 떨어져 내 십이 년의 생을 일찌감치 마감할 참이었다.

양팔로 나무줄기에 매달리자 목덜미에 차가운 것이 톡 떨어졌다. 위를 올려다보니 나뭇잎이 검정에 가까울 정도로 짙은 색으로 변해 있다. 어둡다. 또, 톡. 온 몸에 떨림이 지나갔다.

"히타카 군!"

나는 난처한 목소리로 옆 나무를 향해 불렀다.

"번개야-. 비 와-."

"응. 소나기네."

목소리는 생각보다 가까운 곳에서 들렸다. 어떠한 상황에서도 항상 변함없이 쿨한 목소리였다.

그것은 소나기라기보다는, 스콜이라고 부르는 편이 나을 것 같은, 굉장한 비와 번개였다. 나무에 올라간 야다몽이 기쁜 나머지 마법으로 불러 온 열대의 스콜임에 틀림없다.

비는 나뭇잎 틈새로 들이쳤다. 아홉 개의 주전자로 머리에서부터 물을 끼얹는 듯한 느낌이었다. 쏴아, 라기보다는 콸콸 소리를 내며 비가 내렸다. 매달려 있던 나무줄기가 미끌거렸다.

번쩍한다. 나도 모르게 눈을 감았다. 잠시 후 귀가 떨어져 나갈 것 같은 소리.

벼락이 칠 때 바깥에 있어 본 적이 있는지 없는지, 필사적으로 생각해 내려 했다. 모르겠다. 없지 않을까. 적어도 나무 위에 있었던 적은 없다. 결코 없다.

눈이 돌아갈 것만 같은 하얀 빛. 파팍! 어딘가 가까이에 떨어진 것 아닐까.

이러다가 정말로 죽을지도 몰라.

번개는 나무로 떨어지는 것이다. 나는 나무 위에 올라와 있다. 나무 아래도 위험하다는데, 나무 위에 있는 것이다. 하지만 너무도 무서워 움직일 수가 없다.

"히타카 군-."

나는 갸냘프게 중얼거렸다. 어째서, 하다못해 같은 나무에도 있지 않는 걸까. 모습을 볼 수 있으면 마음도 강해지고, 혹시 이 나무에 번개가 떨어져도 함께 죽을 수 있을 텐데.

"야, 고타케. 야, 이거. 잡을 수 있을 것 같아. 됐다!"

히타카 군이 무슨 말을 하고 있는 것인지, 한 동안 알 수가 없었다. 간신히, 도망친 이구아나를 쫓아서 나무에 올라와 있다는 것이 생각났다. 내가 무서운 번개 때문에 어쩔 줄 몰라 하고 있을 때, 히타카 군은 아직도 이구아나를 쫓아서 움직이고 있었던 모양이었다.

멋있다!

어쩌면 바보일지도 모른다.

이렇게 어두운 곳에서 미끌거리는 나뭇가지 위에서 움직이다가 떨어지지 않을까. 번개가 떨어지기를 기다리지 않아도 저절로 떨어져서 죽어버리지 않겠는가 말이다.

"이제 됐어!"

나는 있는 힘껏 소리를 질렀다.

"이제 야다몽은 됐으니까, 놔두고 내려가자. 위험해!"

"고타케는 내려가!"

히타카 군의 목소리는 변함없이 용감했다.

"나는 좀더 해 볼게."

뭐야? 영웅이라도 된 줄 아나?

"야다몽은 괜찮다고 했잖아. 주인이 괜찮다는데 왜 그래!"

"괜찮지 않아!"

히타카 군이 단호하게 외쳤을 때, 나는 또 단풍잎이 이구아나 새끼로 보였다. 수많은 새끼들. 유리 우리 속에서 먹이가 부족하여 죽어가는 새끼들.

갑자기 숨이 막히고 괴로워졌다.

그 새끼들이 죽어간다는 사실이 왠지 화가 치밀어 오를 정도로 실감나게 다가왔다. 백화점의 옥상에 있을 때보다, 벼락이 치는 나무 위에 있으니 더욱 「죽어간다」는 것의 의미를 잘 알 수 있었다.

나는 벼락에 맞아 숯덩이가 되기는 싫었다. 히타카 군이 숯덩이가 되는 것도. 그리고, 그렇다. 야다몽이 벼락을 맞아 구워지는 것도…

갑자기 몸이 가벼워져서 움직이고 있음을 알게 되었다. 나는 발이 미끄러지지 않도록, 천천히 조심스럽게 내려오기 시작했다.

가까스로 땅에 내려오자 곧장 집을 향해 내달리고 싶었다. 물론, 그러는 편이 나았다. 그때, 특대 번개가 내리쳤다. 여름상품 최종 처분이라도 하듯이.

나는 비로 질퍽질퍽해진 땅 위에 엎드려서 머리를 감싸 안았다. 계속 그런 자세로 있고 싶었다. 가장 안전한 자세니까. 일어서면 안 된다. 물론 다시 나무에 올라가도 안 된다. 아무리 히타카 군과 야다몽이 있는 나무일지라도. 한 사람과 한 마리를 아무리 돕고 싶어도.

목욕을 하고 가라는 엄마의 권유를 뿌리치고, 흠뻑 젖은 히어로는 돌아갔다. 흠뻑 젖은 히로인은, 무엇을 어떻게 설명해야 엄마로부터 혼나지 않고 지나갈지, 열심히 생각하고 있었다.

나무에 올라간 것은 비밀. 특히 번개가 칠 때, 바보 같은 이구아나를 쫓아서 나무 위에서 우왕좌왕 하고 있었던 것만은 절대로 말해서는 안 된다. 야다몽의 끈을 기적적으로 잘 잡은 것은,

히어로가 아니라 히로인이라는 사실을 자랑할 수는 없는 것이다. 아아, 말하고 싶어.

"도대체, 어디서 뭘 한 거냐?"

엄마가 날카로운 목소리로 하는 질문에, 나는 대답 대신 전혀 예측 불가능한 질문을 던졌다.

"저기, 엄마, 있잖아. 이구아나를 한 두 마리만 더 키울 수는 없을까?"

물론 대답은 정해져 있다. 대답조차 돌아오지 않았다. 엄마는 기가 막혀서 멍하니 입을 벌리고 있었다.

"너, 정말, 그렇게, 그렇게, 그 도마뱀이 좋아진 거니?"

엄마의 말을 듣고, 비로소 나는 흠뻑 젖은 야다몽을 소중한 봉제인형이나 뭐라도 되는 듯이 꼭 끌어안고 있음을 알아차렸다.

"아니, 그런, 그러니까…"

나는 어찌할 바를 몰랐다.

사랑이 싹텄던 때문은 아니다.

생명은 소중하다고 생각했을 뿐이다.

결국, 그 쑥쓰러운 말은, 입 밖으로 내지 못했다.

13. 초록색 꿈

비에 젖는 정도로 감기에 걸리다니, 나답지 않았다. 굉장히 열이 올랐다. 침대 시트가 타버리는 것 아닐까 싶을 정도로.

야다몽을 데리고 산책했던 다음날 저녁에, 우선 으실으실 추워지고, 목구멍과 머리와 등이 아파서 타올 담요를 덮고 소파에 누워 있었더니, 엄마가 이마에 손을 대보고는 체온계를 입에 집어넣었다. 정확히 39도였다. 엄마는 소아용 감기약을 내게 먹였다. 겨울 이불을 덮고 침대에서 떨고 있으니, 열은 정확히 40도까지 올랐다. 갓난아기 때부터 단골로 다녔던 집 근처의 오가타 선생님이 와서 주사를 놔 주었다.

다음날 아침, 열이 한번은 38도까지 내리고 오후가 되자 다시 올라갔다. 나는 열이 올랐던 적이 별로 없었기 때문에, 이제 죽는 것은 아닐까 하고 생각했다. 무서웠다. 엄마에게 물었다.

"감기 정도 갖고는, 여간해서는 죽지 않아."

엄마는 웃어 넘겼지만, 너무 기운이 없었다. 아빠는 고문으로 있는 연극부가 합숙을 해서 집에 없었기 때문에, 엄마가 어젯밤 줄곧 내 곁에 있으면서 잠을 자지 않은 것 같다.

죽는 것만 아니라면 괜찮다고 했지만, 그날 밤도 엄마는 손님용 이불을 내 침대 옆에 억지로 끼워 넣고 곁에서 자 주었다.

더운 밤이었다. 나의 몸이 뜨겁다. 백 번도 넘게 몸을 뒤척이며 시트의 차가운 곳을 찾다가, 막상 차가운 곳을 찾으면 이번에는 추워서 싫다.

정신을 차리고 보니, 열이 조금 내린 것 같다. 다른 잠옷으로 갈아입었다. 엄마는 옆에 없었고 반쯤 커튼이 열려 있는 창문에서 희고 밝은 빛이 눈부시게 들이비추고 있었다.

오늘이, 며칠이지. 지금은 몇 시일까. 전혀 알 수 없다. 뭐랄까. 먼 곳으로부터 둥실둥실 돌아와 뭐가 뭔지 알 수 없는 느낌. 시계는 1시 반.

그리고 나서, 다시 곧바로 잠들어 버렸다. 4시가 지나서 잠이 깼을 때, 나는 흠칫 놀라 침대에서 굴러 떨어질 듯이 뛰쳐 일어나려 했다.

"쥬리. 아직 일어나면 안 돼!"

마침 문을 열고 들어 온 엄마가 외치는 것과 동시에 나도 외쳤다.

"야다몽에게 먹이를 줘야 해!"

절대로 일어나면 안 된다는 것이 엄마의 의견이자 명령이었다. 도마뱀은 단 하루 먹이를 주지 않았을 뿐이고 멋대로 나뭇잎을 뜯어먹고 살고 있을 테니 열이 내릴 때까지 놔 두거라.

야다몽을 좀 봐 주지 않을래? 라는 나의 부탁을 엄마는 딱 잘라 거절했다. 환자가 있는데 도마뱀 따위는 생각하고 싶지도 않아. 그리고 나를 침대에 밀어넣더니, 열을 쟀다. 아직 37도 6분이었다. 엄마는 마음에 들지 않는다는 듯이 웅얼거렸다.

"끈질긴 열이네. 여름 감기는 지독해. 악화되면 무서우니까. 알았지? 정말로 얌전히 자야 해! 침대에서 나오면 가만두지 않을 거야!"

엄마의 얼굴이 진짜 무서웠기 때문에 나는 혼자가 된 뒤에도 한참동안 얌전히 누워 있었다. 나른했다. 아까 잠깐 침대에서 내려섰을 뿐인데 머리는 어질어질, 무릎은 후들후들. 엄마에게 협박을 당하지 않았더라도 침대에서 나가고 싶은 기분은 아니었다.

문제는, 더 이상 졸리지 않다는 것이었다. 나는 따분해서 야다몽이며, 썬룸이며, 백화점 옥상에서 굶어 죽을 것 같은 이구아나 새끼들이며, 엄청난 번개가 치던 단풍나무 위에서 용감하게 움직이던 히타카 군을 잇달아 생각했다.

37도 6분의 열이 대단한 것은 아니었다. 그렇다. 벼락에 비한다면. 그렇다. 배가 고픈 새끼들에 비하면. 그렇다. 배가 고픈 야다몽에 비한다면. 그렇다, 히타카 군이라면 40도의 열에도

자기가 기르고 있는 이구아나에게 먹이 주는 것을 잊지 않을 것이다.

나는 침대에서 빠져 나왔다. 맨발로 타박타박 썬룸을 향해 걸어갔다.

야다몽은 해먹에서 자고 있었다. 한동안, 가만히 보며 녀석이 죽지 않았다는 것을 확인했다. 괜찮다.

눈을 감은 이구아나의 웃기는 것 같은, 무서운 것 같은, 태평스러운 것 같은, 이상한 얼굴을 보니, 왠지 안심이 됐다.

이틀 동안 닫아 놓은 채로 있는 창의 두터운 커튼을 열었다. 8월 말의 저녁은, 아직 환했다. 서쪽 창으로 커다란 태양이 보인다.

창을 열어 환기를 시킨다. 눅눅한 바람이 피부에 기분 나쁘게 닿았다. 서둘러 야다몽의 화장실을 청소한다. 야다몽이 먹다가 흘려 바닥에 흩어진 이파리와 꽃 조각은 그냥 놔 두기로 했다.

이 정도만으로도 나는 숨이 차서 헉헉 헐떡였다. 목구멍 안이 아프다. 기침을 참고 창문을 닫고 커튼을 연 채로 썬룸을 나와서 발소리를 죽이며 계단을 내려왔다. 운이 좋으면 냉장고까지 도달할 수 있을지도 모른다.

꽤나 운이 좋았다. 엄마는 잠깐 볼일이라도 보러 나갔는지, 마당의 빨래를 걷으러 갔는지, 모습이 보이지 않았다.

나는 부엌에서 재빠르게 행동했다. 이구아나 샐러드를 만들 시간은 없다. 냉장고를 열어서 식빵과 슬라이스 치즈와 접시에 담긴 수박 쪼가리와 통째로 된 잔솔잎을 껴안았다. 그리고 거실 문을 나설 때, 도깨비 같은 얼굴의 엄마에게 도깨비 같은 힘으로 어깨를 붙잡혀, 도깨비 같은 목소리로 혼구멍이 났다.

"쥬리이이이이이!"

"왜 너는 내가 하지 말라는 짓을 하는 거니. 꼭 안 된다고 하면 하는구나. 어째서? 어째서 항상 그렇게 말을 안 듣는 거야!"

그게 아니야, 라고 나는 설명했다. 이것은 장난이 아니라 그냥 이구아나 돌보기야. 엄마는 이해해 주지 않았다.

"너는 말이야, 평생 동안 반항기가 고쳐지지 않을 거야. 스무 살이 되어도 서른 살이 되어도, 내가 안 된다는 걸 할 거야!"

내가 그런 아줌마가 되었을 때는, 무엇을 하면 엄마가 안 된다고 할까.

"아니야."

나는 감상적인 것에는 서투르지만, 할 수 없이 백화점에서 죽어가고 있는 이구아나 새끼들에 대한 이야기를 했다.

"그것들을 전부 살려주는 것은 무리겠지만, 우리 집에 있는 한 마리 정도는 먹이를 잘 줘야할 거 아냐."

엄마는 복잡한 얼굴을 했다. 나는 견딜 수 없이 부끄러웠다.

전에, 히타카 군을 히타카 군답지 않다고 생각했던 이상으로, 이것은 쥬리답지 않았다. 고타케 쥬리는, 그렇게 착하거나, 훌륭하거나, 진지하지 않다.

나는 식빵과 슬라이스 치즈와 수박과 잔솔잎을 양손 가득 안고서, 잠옷에 맨발인 채 얼굴을 붉히고 있었다.

"그거, 이리 줘."

엄마가 말했다. 내게서 재료를 남김없이 빼앗더니,

"얼른 침대로 돌아가."

조용한 목소리였지만, 호통을 칠 때보다 무서웠다.

"하지만, 엄마…"

"이구아나는 저녁에는 먹이를 줘도 소화를 잘 못 시키지?"

그렇지. 하지만…

"내가 내일 아침 일찍 제대로 샐러드를 만들어서 갖고 갈게요."

엄마는 진심어린 얼굴로, 토쿠다 영감에게라도 하는 것 같은 정중한 어투로 말했다.

"하지만, 무섭지…않아?"

"무섭지만."

한 번 더 천천히 심호흡을 했다.

"네가 다시 열이 오르는 쪽이 훨씬 무서워."

 다음날 아침, 무엇인가가 내 배 위에서 설치고 있는 바람에 잠에서 깼다.

 눈에 익은 이구아나의 초록색.

 날카로운 발톱을 세우고 배 위에서 가슴으로 한 발 한 발 내딛으며 콧구멍을 내 코에 갖다 대려 한다. 노란 단호박 부스러기가 붙어 있는 콧구멍.

 "어? 너 와 주었네?"

 나는 잠결에 물었다. 이구아나는 대답 대신에 입을 크게 벌리고 내 코를 뜯어먹으려 했다.

 "우웃!"

 큰 소리를 내자, 야다몽은 동그랗고 까만 눈동자로 가만히 나를 바라보았다.

그것은, 애정표현일까? 그렇지 않으면, 내 코가 맛있게 보였기 때문일까?

항상 그렇지만, 이구아나의 생각은, 정말로 알 수가 없다. 우습다. 그 영문을 알 수 없는 점이. 굉장히 재미있다.

나는 손가락을 뻗어서 물리지 않도록 조심하면서 야다몽의 코와 턱에 붙은 단호박 부스러기를 떼어 주었다.

"결국, 너는 이구아나 샐러드를 얻어먹었다는 의미네. 축하해."

내가 그렇게 말하자, 야다몽은 고맙다는 말도 없이 내 손가락의 단호박을 낼름 핥았다. 위험한 찰나에 검지 손가락을 거두었다. 이건 비스킷이 아니야.

"그런데, 어떻게 네가 여기 있는 거야?"

내가 묻자, 야다몽은 긴 채찍 같은 줄무늬 꼬리를 천천히 흔들었다.

엄마가 데리고 올 리는 없고 혼자서 썬룸을 빠져나온 거로구나. 언젠가처럼 말이야. 이번에 문을 꼭 닫지 않은 것은 틀림없이 엄마다. 나는 자고 있었고, 아빠는 없으니까.

으음. 나는 그만 감동 먹었다. 엄마가 정말로 누구의 도움도 빌리지 않고 혼자서 야다몽의 아침 식사를 준비해 주었다니 믿어지지 않는다. 그렇게, 그렇게 싫어하면서. 그렇게, 그렇게 무서워하면서.

내가 깊이 감동하고 있는 동안에 야다몽은 침대에서 내려갔다. 내 방을 망쳐 놓기 시작했다. 책상에 올라갔다가, 책꽂이에 올라갔다가. 나는 누운 채로 바라보고 있었다. 특별히 야다몽이 망쳐놓아서는 안될 만큼 깨끗한 방도 아니고, 내가 아파서 움직이지 못 할 때 경쾌하게 돌아다니는 황록색 왕도마뱀을 보는 것이 기분 좋았다.

한 바퀴 탐험이 끝나자, 야다몽은 다시 침대 위로 돌아왔다. 그리고 내 배 위에 자리 잡고는 뭔가 기분 좋은 듯이 눈을 감아 버리는 것이다.

"무겁잖아."

야다몽은 내 몸이 좋지 않다는 것을 알고 있는 것일까? 침대에 누워 있어서 걱정하고 있는 것일까? 병문안 삼아 살갑게 구는 것일까? 설마! 그때, 갑자기 한 가지 이유가 떠오르자 웃음이 나왔다.

"거기, 따뜻하지?"

아직까지, 열이 꽤 있는 모양이다.

"내 배가 무슨 전기 프라이팬인 줄 아냐?"

이구아나는 눈을 뜨고 약간 입을 벌렸다. 웃고 있는 것처럼 보인다.

감기로 며칠이나 누워있을 때 누군가가 함께 있어주는 것은 행복했다. 인간이 아니더라도. 이구아나라도. 함께 누워 있어주는 것은 정말로 행복하다. 엄마가 아니더라도. 야다몽이라도.

이구아나가 몸을 움직이면 간지러워서 웃음이 나왔다. 목에 있는 주머니를 문질러 주었더니, 목을 쑥 뒤로 젖히고 좌우로 흔들며 발을 내 가슴에 대고 발톱을 세웠다. 아얏.

야다몽한테서는 풀냄새가 나네. 이구아나는 냄새가 없는 동물이라서, 썬룸의 식물 냄새가 베인 것일까.

야다몽을 배에 얹은 채, 나는 깜빡 잠이 든 모양이다.

꿈을 꾸었다.

진정한, 초록색의 꿈이었다.

나는 나무 위에 있는 것 같다. 그 곳은 매우 높고 주변 일대는 초록색이며, 아득한 밑에는 콸콸 소리를 내며 물이 흐르고 있는 것을 알 수 있었다.

진짜, 굉장한 초록색이다!

이런 색은 본 적이 없다.

짙고, 강렬하고, 싱싱하고, 선명하고, 충만하다.

한 그루의 나무에 더할나위 없이 초록색 나뭇잎이 무성하고, 오른쪽도 왼쪽도 뒤에도 비스듬한 사선 방향에도 끝없이 끝없

이 그런 초록색 나무가 있는 것이다.

나는 나뭇가지 위를 걷고 있었다. 굉장히 좋은 분위기였다. 가지에서 가지로 가뿐히 몇 그루나 되는 나무를 건너서 간다. 그리고, 때때로 초록 잎을 우적우적 먹는 것이었다. 그 맛이란! 그 즐거움이란!

나는 나무의 꼭대기 쪽에 있었다. 머리 위에는 하늘이 보였다. 보라색에 가까운 짙은 청색이었다. 하늘은 눈부시게 빛났다. 태양이 너무나 강하고 뜨겁게 빛나기 때문에 위쪽은 모든 것들이 빛나 보인다.

아아, 따뜻하다! 몸 깊은 곳에서 넉넉하고 평화로운 힘이 솟아오르고 있다는 것을 알 수 있다. 참으로 기분좋은 힘. 잠이 올 것만 같은 힘.

나는 물가에 있었다. 강변에 있는 작은 구멍 안이다. 갈빛으로 흐려진 물, 기세 좋게 물방울을 튕기는 물이 눈 아래로 콸콸 흘러간다.

나는 물 속에 있었다. 능숙하게 헤엄치고 있었다. 미지근하고 넉넉하고, 기분 좋은 물이었다. 깊은, 크고 크고 큰 강 속. 물가는 어디고 할 것 없이 초록색. 물 위에도 많은 초록빛이 비추고 있었다.

굉장한 비명! 나를 부르는 소리.

"으아악, 아아악 아아아악! 쥬리이이! 너 또 도마뱀을 침대에까지 끌어들이다니!"

엄마의 목소리가 초록색의 꿈을 날려 버렸다. 나는 한동안 멍하니 엄마의 화난 얼굴을 바라보고 있었다. 초록 색깔이 아직 머리 속에 남아 있어 엄마의 얼굴과 방의 모습이 너무도 이상하게 보였다. 엄마는 또 뭐라고 말을 하고 있었지만 너무 빨라서 알아들을 수가 없다. 나는 뭔가 말하려 했다. 아주 느리게 말 할 수밖에 없었다.

"야-다-몽-이, 온거-야."

"뭐라고?"

"놀-러-온거-야."

엄마는 얼굴을 찌푸리며 고개를 가로저었다.

"녹색-나무 위에-갔었어-."

"또 열이 오른 거야. 도마뱀 같은 걸 꾀어내느라고."

내가 야다몽을 꾀어낸 것이 아니라 야다몽이 찾아 왔다는 것을 엄마에게 이해시킨 것은, 훨씬 뒤의 일이었다.

나는, 다시, 곧바로 혼미해져 잠들어 버렸기 때문이다. 이번에는 꿈을 꾸지 않았다. 푹 자고 눈을 떴을 때는 열이 완전히 내려 있었다.

엄마가 혼자서 야다몽에게 먹이를 준 이야기는, 아빠를 조금 놀라게 했다.

"정말이야?"

몇 번이나 고개를 갸웃거린 후,

"하긴 뭐. 그놈이 맹수나 도깨비도 아니고. 토쿠다 영감도 아니니까…"

"도깨비 같은 놈이에요."

엄마는 아빠로부터 칭찬을 받고 싶은지 계속 투덜거렸지만, 아빠는 처음 놀란 뒤로는 왠지 멍하니 잘 듣고 있는 것 같지 않았다. 피곤한 얼굴로, 한숨을 많이 쉬었다.

"합숙하면서 무슨 일이 있었어요?"

엄마가 묻자.

"맨날 그렇지 뭐."

아빠는 떨떠름한 얼굴을 했다.

"이틀째 되는 날, 토쿠다 영감이 들이닥쳐서, 한바탕 뒤집어 놨어. 절묘한 타이밍이었지. 그 인간이 카와구치 호수의 별장에 있을 때 야마나카 호수(두 호수 모두 야마나시 현에 있어서 거리상으로 가깝다-옮긴이)에서 합숙을 했으니!"

"토쿠다 영감탱이가 어쨌는데?"

내가 흥미진진해서 묻자, 아빠는 치미는 화를 참느라 떨리는 목소리로 말해 주었다.

아빠가 고문을 맡고 있는 연극부는 가을 문화제를 앞두고 『햄릿』이라는 연극을 연습하고 있었다. 나는 『햄릿』이라고 해서 햄과 오믈렛처럼 맛있겠다고 생각했는데, 그런 게 아니라, 등장인물이 모두 미치거나 죽어 버리는 불쌍한 연극이라고 한다.

이미 배역도 정했고 모두들 대사를 외워서 느낌이 좋았는데, 떠억-하니 페라리를 타고 와서 연습하는 것을 본 토쿠다 영감이 때려 엎은 것이다. 여주인공인 여자아이를 멋대로 바꿔 버렸다. 제일 예쁘고 제일 잘 하는 여자아이를, 하마 같은 얼굴에 유치원 유희 같은 연극이나 할 아이로 바꿔 버렸다는 것이다. 그 하마 새끼의 부모는 역시 학교의 이사인데, 토쿠다 영감의 제일 가는 부하이면서 대단한 아첨꾼이라고. 그 하마 새끼 역시 아첨 실력이 대단해서 토쿠다 영감의 어깨를 주무르거나 얼간이 쓰토무에게 발렌타인 초콜릿을 특별 주문해서 보낸단다. 우웩, 쏠린다.

"모두들 의욕을 잃었어. 당연하지. 무엇보다 끔찍한 것은, 그것이 토쿠다의 명령이 아니라 내 생각이라고 모두가 여기고 있다는 거야. 토쿠다 큰아버지가 내게 시켰거든, 갑자기 하마 새끼 쪽이 오필리아에 적격이라는 생각이 떠올랐다고. 그렇게 말하라고."

아빠는 울 것 같은 목소리로 말했다.

"실은, 모두들 알고 있을 거예요."

엄마가 위로했다.

"토쿠다 영감이 페라리를 타고 찾아 온 것도 알고 있을 테고, 갑자기 당신 머리의 나사가 풀어진 게 아니라는 걸요."

"나를 배짱 없는 놈이라고 생각할 거야."

아빠는 머리를 감싸고 신음했다.

"사실, 배짱이 없긴 하지. 하지만, 직장에서 잘린다는 것이 어떤 것인지 중학생들이 알기나 하겠어?"

"그럼요, 그럼요."

엄마는 열심히 끄덕였다.

"그뿐이 아니야. 합숙소의 식사가 너무 좋다고 불평을 늘어놓는 거야. 후식을 일체 없애면서, 단, 하마 새끼는 별도야. 여주인공은 체력을 보충해야 한다고. 아이스크림과 푸딩을 3인분이나 주더라고. 게다가 아침 식사 전과 저녁 식사 전에 야마나카 호수를 한 바퀴 도는 조깅을 시키는 거야. 우리들은 코시엔(오사카에 소재한 유서 깊은 야구장으로서 해마다 두 차례 전국고교야구 선발대회가 성대하게 열린다-옮긴이)을 노리는 야구부가 아니라고! 2학기가 되면 하마 새끼를 제외하곤 모두 탈퇴할 거야. 틀림없어. 그렇게 되면 내가 특별활동 관리도 못하는 아무짝에도 쓸모없는 놈이라고 직원 회의에서 뭇매를 때리는 거지. 아무튼 토쿠다 큰아버지는 나를 못살게 굴어. 내가 곤란하면 곤란한 만큼 자기는 즐거운 거야. 으아아아아!"

아빠는 갑자기 이상한 소리를 지르기 시작하더니, 2층으로 뛰어 올라갔다. 거칠게 문을 닫는 소리가 났다. 침실이 아니다. 분명히 썬룸 쪽이다.

엄마는 그냥 놔 두라고 말했지만, 나는 몰래 들어가 보았다. 아빠는 평소와 마찬가지로 팬티 바람으로 만다린 오렌지색의 접이식 의자에서 죽은 듯이 팔을 축 늘어뜨리고 눈을 감고 있었다.

나는 아빠에게 초록색 꿈에 대해서 이야기하고 싶었다. 꿈에서 본 그 장소가 혹시나 이구아나가 살고 있는 더운 남쪽 나라가 아닐까 생각했기 때문에, 물어보고 싶었던 것이다.

그 꿈의 색깔, 냄새, 맛, 햇살과 강물의 감촉은 지금도 또렷이 기억하고 있다. 잊혀지지 않았다.

"저기, 아빠."

아빠는 대답하지 않았다. 더 이상 말을 걸 수 없었다. 아빠가 더는 어찌할 수 없을 정도로 피곤에 지쳐 있다는 것을 나도 알 수 있었던 것이다.

아빠는 내가 생각했던 것보다 더 고생이 많은 것 같다. 너무나 불쌍해 보인다.

아빠가 전혀 움직임이 없어서 나는 걱정이 되었다. 죽어버린 것이 아닐까. 그래, 이구아나를 기르기 시작하면서부터 무슨 일만 있으면 죽어버리겠다고만 생각하고 있더니, 일을 낸 것이다. 응? 괜찮다. 숨을 쉬고 있다. 그것도 아주 깊고 길게. 잠이 든 것 같다.

왜, 그런 생각이 났는지 모르겠지만, 나는 탁자를 옮겨서 그 위에 기어올라 해먹에서 자고 있는 이구아나에게 손을 뻗었다.

아빠의 벗은 배, 숨 쉴 때마다 부풀었다가 들어갔다가 하는 배 위에 황록색의 야다몽을 살짝 얹어 놓았다.

초록색 꿈을 꿀지도 모른다.

꾸었으면 좋겠다.

그건, 뭐, 기분 좋은 꿈이니까.

푹, 주무세요, 아빠.

저녁식사 때 일어난 아빠는 몰라볼 정도로 안색이 좋아져 있었다. 기분도 좋아 보였다.

"한 잠 푹 자고 났더니, 개운하네."

맥주를 맛있게 마시고 나서,

"질겁했네, 그 도마뱀 놈이 내 배 위에 올라타고 있어서."

그다지 싫지 않은 듯 말한다.

엄마가 의심스러운 눈으로, 나를 노려본다.

"아빠 아빠, 초록색 꿈 꾸지 않았어?"

나는 엄마를 개의치 않고 아빠에게 말을 걸었다.

"무슨 꿈이라고?"

"초록색 꿈."

아빠는 뭔가를 떠올리려는 듯이 고개를 뒤로 젖히고 눈을 감았다.

"으-음, 초록색?"

"쥬리. 어서 냉두부 먹어."

엄마가 시끄러워서 나는 싫어하는 두부를 얼른 먹어치웠다.

"토쿠다 큰아버지 말인데요…"

엄마가 말을 걸자, 아빠는 가로막았다.

"밥맛 떨어지니까, 그만해."

"하지만 얘기해야 하겠어요. 당신이 점점 지겨워하는 것을 보는 게 정말 걱정돼요."

엄마가 지지 않고 맞서자,

"나도 내가 지겨워하는 것이 정말 걱정돼."

아빠는 진지한 목소리로 대답하더니, 갑자기 목구멍 안쪽이 보일 정도로 큰 하품을 했다. 엄마는 화난 표정으로 입을 다물어 버렸다.

"뭔지 모르겠는데, 이상한 꿈을 꿨어."

아빠는 냉두부에 생강즙을 뿌리면서 혼잣말처럼 중얼거렸다.

"내가 말이야, 커다란 몸집에 네 다리에 꼬리가 달려서 어슬렁어슬렁 걷고 있는 거야."

아빠는 두부가 새카매질 만큼 간장을 잔뜩 뿌렸다.

"엄청나게 큰 몸에 말이야, 나무보다도 커서, 그래, 나무를 꼭대기부터 덥썩 물어뜯는 거야. 아, 정말 기분좋던데."

"공룡이 되었었네."

"그런가-?"

아빠가 끄덕였다.

"초식 공룡이다."

"나무를 먹었으니까?"

"이구아나의 조상이야."

나는 열심히 설명했다.

"이구아나가 닮은 것은 티라노사우르스라는 육식 공룡이 아니라, 초식 공룡이니까."

아빠는 두부를 입안 가득 넣고서 우물거리며 말했다.

"먼 옛날의 지구는 깨끗했지?"

나의 질문에, 엄마가 끼어들었다.

"어지간히 바보 같은 이야기는 그만해. 심각한 어른들끼리 이야기를 하고 있으니까."

"그럼, 그건 먼 옛날의 지구였나."

아빠는 심각한 어른들끼리의 이야기가 아닌 진지한 어른과 어린이의 이야기를 하고 있었다.

나는, 갑자기 이상한 기분이 들었다. 아빠가 이런 사람이었나? 이렇듯 나를 위해 이야기 할 수 있는 사람이었던가?

"그래 맞아. 뭔가 아주 짙은 초록색을 본 것 같아."

역시 초록색 꿈이다!

나는 가슴이 뛰었다.

언제가 한 번 더 야다몽을 배에 얹고 자 봐야지.

우연일지도 모르지만.

우연이 아니라면 굉장하다!

이구아나가 사람에게 초록색 꿈을 꾸게 한다니!

나도, 아빠 같은 꿈을 꾸고 싶다.

초식 공룡이 되어서 먼 옛날의 짙푸른 지구를 여유롭게 걷고 싶다. 티라노사우르스에게 쫓겨서 잡아먹힐지도 모르지만.

"주무실 때, 또 야다몽을 배 위에 얹어 드릴게요."

나는 아빠에게 말했다.

"재미있는 꿈을 꿀지도 모르니까."

14. 쿠데타

 9월의 두 번째 일요일. 한여름처럼 더운 날이어서 썬룸의 디지털 온도계는 정확히 30도를 가리키고 있었다. 그 30도 속에서 아빠와 엄마와 나는 땀투성이가 되어 대청소를 하고 있다.
 동쪽, 남쪽, 서쪽의 창을 매직크린으로 윤을 낸다. 코르크 바닥도 구석구석 물걸레로 닦고 아무리 해도 지워지지 않는 얼룩은 새로 산 파란색 인도 면 러그를 깔아 덮었다. 이구아나 화장실의 녹소토는 전부 새 것으로 갈아 주었다. 화분도 야다몽이 마구 뜯어 먹어서 지저분해 진 것은 밖으로 내놓고, 이쪽저쪽으로 옮기며 이쪽이 예쁘게 보이네, 아니네, 전이 훨씬 낫네, 하며 서로 싸운다.
 "이 접이 의자도 왠지 좀 바랜 것 같네."
 라고 말하는 엄마.
 "마당에 내 놓을까."
 하는 아빠.
 "앉을 곳이 없잖아요."

"어차피, 사람들을 전부 접이 의자에 앉힐 수는 없어."

"어떻게 하죠? 식탁 의자를 옮겨와요?"

"그건, 별로고. 예쁜 방석 없어?"

"없어요. 우리는 와시츠(다다미를 깐 일본식 방-옮긴이)가 없잖아요. 게다가 여기에는 어울리지도 않아요. 예쁜 큰 쿠션이 있으면 좋겠는데…"

"좋아. 어서 사 와. 두 개, 아니, 그 건방진 자식이 오면 안 되니까 세 개 필요해."

엄마는 백화점으로 날아가고, 아빠는 나에게 특별한 고급 이구아나 샐러드를 만들 준비를 해 놓으라고 명령하고 나서, 자신은 야다몽을 깨끗이 샤워시키기 위해 욕실로 안고 들어갔다.

완전, 난리가 따로 없다.

이유인즉, 오늘, 토쿠다 영감이 오는 것이다. 애초에 야다몽을 쓰토무에게 주었던 파충류 연구가인 박사님을 모시고 멀리서 오신다는 것이다.

오후 2시 정각. 정말로 깨끗해진 썬룸과 야다몽과 정말로 긴장한 고타케 가족은 (아빠와 엄마가 그토록 소란을 떠는 바람에 나까지 가슴이 떨리네) 토쿠다 영감과 얼간이 쓰토무와 훌륭하신 스즈키 박사를 맞이한 것이었다.

스즈키 박사는 이쑤시개처럼 바싹 말라서, 나는 깜짝 놀랐다.

토쿠다 영감의 친구니까 비슷한 뚱땡이일 거라고 믿어 의심치 않았던 것이다. 토쿠다 영감은, 볼 때마다 푹푹 살이 쪄서 이제는 지하철 경로석을 혼자서 꽉 채워버릴 정도의 뚱보이기 때문이다. 물론 그 인간은 지하철 따위는 타지도 않지만.

두 영감은, 모든 점이 달랐다. 뚱보 영감은 옆으로 뿐만이 아니라 위로도 크다. 말라깽이 영감은 옆으로 뿐만이 아니라 위로도 조그맣다. 굉장한 언밸런스.

뚱보 영감 쪽은, 이 더위에 정장을 껴입고 넥타이까지 매고-덧붙여서, 아빠도 정장에 넥타이, 엄마도 외출용 정장, 나도 외출용 원피스로 특별히 멋을 내고 있었다-있는데, 말라깽이 영감은 타올 천의 폴로셔츠에 면바지 차림으로, 셔츠도 바지도 잔뜩 구겨지고 낡아빠진 것이어서 전혀 훌륭한 박사처럼 보이지 않는다.

뚱보 영감은 머리카락이 한 올도 없이 거대한 전구처럼 반질반질한 머리인데, 말라깽이 영감은 거꾸로 세워서 빗자루로 쓰고 싶을 만큼 엄청 빽빽하고 새하얀 머리카락이 더부룩하게 나 있다.

거구에 뚱뚱하고 멋쟁이에 잘난 체 하는 영감이, 조그맣고 마르고 지저분한 옷에 비참해 보이는 영감에게 한없이 굽실거리는 것을 보고 있자니 너무나 이상한 느낌이 든다. 애당초 토쿠다 영감이 누군가에게 아부를 한다는 것 자체도, 이상하다.

"자, 자, 어서, 어서. 덥고 지저분하지만 좀 들어오십시오. 아이고, 이거 정말로 모처럼, 모실만한 곳이 못 되어서 말입니다. 덥고 좁고 지저분해서 말이지요."

토쿠다 영감이 완전히 자기 집인 듯이 말하며 썬룸의 문을 연 것은 정확히 말하면 실례다. 물론 토쿠다 영감이라는 사람은 아무 때건 실례가 많은 동물이긴 하지만.

아빠는 "아이고, 이거 정말로 덥고 좁아서…" 라고 입 속으로 들릴락말락 중얼거리고 있었고 엄마는 굳은 미소를 입술에 억지로 그리고 있었지만, 나는 토쿠다 영감의 등 뒤에 숨어 눈을 흘기고 있었다. 백만 볼트로 째려보는 눈. 그도 그럴 것이. 덥고 좁기는 해도 그곳에 야다몽이 있지 않은가! 더럽지도 않다. 고타케 가족이 오전 내내 얼마나 힘든 노동을 했는데, 얼마나 깨끗이 했는데, 당신들 때문에…

"호오–."

스즈키 박사는 썬룸을 한눈에 보더니 배 안으로부터 울려나오는 듯한 소리를 냈다.

"야, 이거, 좋다–! 정말 좋아! 대단해!"

나는 토쿠다 영감의 등 뒤에서 째려보는 것을 멈추었다. 스즈키 박사가 쭈굴쭈굴한 얼굴 뿐만이 아니라 새하얀 머리까지 빛나 보일 만큼 기쁜 웃음을 활짝 지어보였기 때문이다.

스즈키 박사는 방 안을 차분히 둘러보았다. 토쿠다 영감과 얼간이 쓰토무도 마찬가지였다. 하지만 눈길이 전혀 다르다.

토쿠다 영감과 쓰토무는 트집을 잡으려는 듯, 포획물을 노리는 까마귀처럼 눈을 빛내고 있었지만, 스즈키 박사는 조용히 신기한 듯이 즐거운 듯이 남쪽 창가의 정글짐과 천정에 둘러쳐진 해먹과 새빨간 꽃을 두 송이 달고 있는 하이비스커스 화분을 차례차례 보는 것이다.

"정말 그렇군요."

스즈키 박사는 조용히, 숨을 크게 쉬었다.

"이구아나를 기르기 위해, 방을 개조하셨다는 말을 듣긴 했습니다만, 이건, 정말 훌륭합니다. 정말 운 좋은 이구아나가 있었네요. 응? 이봐. 자네."

스즈키 박사는 야다몽을 향해 "자네"라며 친숙하게 불렀다.

"너 정말로 행운아다. 너 그거 알아야 한다. 유후-. 오랜만이야. 건강한 것 같구나. 많이 컸어. 예뻐졌고. 또 만나서 기쁘다. 쮸쮸쮸쮸쮸."

쮸쮸쮸쮸는 스즈키 박사가 야다몽을 붙잡고 뽀뽀를 한 것이 아니라, 혀로 얼르는 소리를 낸 것이다. 그래도 그렇지. 그건 좀…

박사는 야다몽을 만나서 어지간히 기쁜 듯, 온 얼굴이 웃음으로 허물어져서는 슬리퍼를 타락타락 울리며 춤추듯이 제자리 걸음을 시작했다. 훌륭한 박사라기보다는 완전히 TV에 나오는 코미디언이다.

스즈키 박사는 타락타락타락타락 제자리 걸음을 하면서, 어려운 상대에게 대하는 것처럼 정중한 말투로 내게 물었다.

"저 애를 좀 만져 봐도 되겠습니까?"

"괘, 괘, 괜찮습니다요."

나는 그만 당황하여 이상하게 대답했다. 토쿠다 영감이 덕달같이, "아이고 부디 그렇게 하십시오. 얼마든지, 귀여워해 주십시오"라고 재수없는 소리를 하고 있었다. 아빠가 무서운 눈으로 노려보는 바람에 나는 중얼중얼 바꿔 말했지만, 스즈키 박사는 전혀 듣고 있지 않았다. 정글짐을 올라갔다 내려갔다 하면서 손님이 수상쩍다는 듯이 경계하고 있는 야다몽에게 마음을 빼앗기고 있었다.

몇 초 뒤, 스즈키 박사는 야다몽을 붙잡아서 팔에 얹고 있었다. 머리며 뷰렛이며 등을 천천히 쓰다듬는다. 야다몽이 싫어하지 않는다는 것을 알고는 콧구멍에 쮸쮸쮸 하며 진짜 뽀뽀까지 한다.

"아아, 귀여워! 확 먹어 버리고 싶네!"

　나는 스즈키 박사에게 이구아나를 먹어 본 적이 있는지, 정말로 닭고기 맛과 같은 맛인지 물어보고 싶어졌다. 하지만, 그 전에 스즈키 박사는 나를 보고 또 얼굴을 쭈굴쭈굴 무너뜨리며 웃었다.
　"참 잘 길들였네요. 좋은 이구아나로 키웠어요."
　이번에는 나를 붙잡고 뽀뽀할 것 같은 얼굴이었다. 나는 한 발짝 뒷걸음질을 쳤다. 그리고 스즈키 박사가 누군가를 닮았는데, 닮더라도 별로 반가운 사람은 아닌데, 누구였더라 하고 급히 생각했다. 떠오르지 않았다. 왠지 묘하게 뒤틀린 분위기가 썬룸에 깔려 있었다.
　아빠와 엄마는 겸손한 미소를 띠고 있어야 좋을지, 자제해야 좋을지 3초 간격으로 망설이고 있는 것 같았다. 토쿠다 영감과 얼간이 쓰토무는 복어처럼 부어서 부루퉁해져 있었다. 뭔가 마음에 들지 않는 모양이다. 뭐지. 스즈키 박사가 썬룸과 야다몽에 대해 크게 기뻐하는 것이 재미없는 모양이다. 뭐람. 그것 때문에 일부러 찾아와서는.

이윽고, 토쿠다 영감은 어흠, 하고 일부러 헛기침을 하고 나서 말을 꺼냈다.

"아-, 박사님. 그 이구아나를 길들인 것은 우리 손자입니다만."

아빠와 엄마가 쨍그랑 하고 긴장하는 소리가, 물이 얼어붙는 듯한 소리가 들리는 것만 같았다.

"박사님한테서 받았던 새끼 때부터 1미터 정도 클 때까지 아주 소중하고 소중하게 잘 길렀습니다."

아아, 그렇구나… 나는 겨우 알아차렸다. 둘 다 질투가 났던 것이다. 스즈키 박사가 쓰투무는 놔두고 나를 칭찬하니까, 그래서 재미가 없었던 것이다.

"사람을 따르는 것도, 먹이를 주는 것도, 배변 훈련도 모두 쓰토무가 했습니다. 즉, 말하자면, 그 이구아나를 양육한 부모인 셈이지요. 음하하하하하하하하."

토쿠다 영감은 짖어대듯이 웃더니 겨우 울화통 터지는 이야기를 멈췄다.

정말로 울화가 치민다. 나 역시 길들이고 먹이를 주고 배변 훈련을 시켰다구요. 매일, 매일, 했다구요. 얼간이 쓰토무는 1

년이고, 나는 아직 반년이긴 해도.

"그랬구나."

스즈키 박사는 비로소 거기 있었냐는 듯이 쓰토무를 보았다.

"너는 용케도 저 애를 떼어 놓을 마음이 들었구나. 서운하지 않았느냐?"

"걔가 원했거든요."

쓰토무는 시치미를 떼고 말했다. 이런 못된 거짓말쟁이 자식. 얼간이 자식. 천벌을 받을 거다. 지옥에서 혀를 뽑힐 걸. 바늘 천개를 삼키게 될 거야.

"게다가 어쩔 수 없잖아요. 이런 방까지 생겼으니까요. 「티라」에게는 우리 속보다도 여기가 행복할 게 틀림없구요."

내 뱃속에서 뭔가가 폭발했다. 점심 때 먹었던 컵 야끼소바인지, 혹은 뭔가 좀 다른 엄청 매운 것이.

"저 애 이름이 「티라」라고?"

스즈키 박사의 질문에,

"티라노사우르스."

라고 얼간이 쓰토무는 정확히 정정했다.

"정확하게는요."

안경테를 손가락 끝으로 붙잡고 딱 한가운데로 오도록 위치를 바로잡았다. 어른이 해도 참을 수 없을 만큼 아니꼬울 텐데. 중학생 남자 아이가 하니까 이미 아니꼬움이 지나쳐서 후려갈겨 주는 편이 이 세상을 구원하는 길이라는 생각이 들 정도였다.

나는 쓰토무를 후려갈기지는 않았다. 그 대신, 하고 싶은 말을 했다.

"틀렸어."

나도 정확히 정정했다.

"나는 그런 육식 공룡 이름 같은 건 안 붙여. 이구아나는 초식 동물이에요. 그런 센스 없는 이름은 절대로 지을 수 없어요. 가르쳐 드릴게요. 그 이구아나의 이름은, 「야다몽」이라고 해요. 야, 다, 몽!"

아빠와 엄마가 하얗게 질린 얼굴로 나를 바라보았다. 아빠의 온 몸에 진동이 지나가는 것이 보이는 듯 했다.

"야다몽?"

스즈키 박사는 음미하듯이 천천히 반복했다.

"특이한데. 그리고 확실히 일본적인 이구아나 이름이야. 키치에몽, 고에몽, 도자에몽…"

"그런 게 아니에요."

나는 스즈키 박사의 말을 가로막았다.

"저의 말버릇이에요. 야다(싫다), 야다의 야다몽, 이에요. 나는, 이구아나를 돌보기 싫었어요. 전혀, 하고 싶지 않았어요. 이

방도, 이구아나를 위해 만든 게 아니에요. 가족들이 일광욕을 하기 위해 만든 건데. 이구아나에게 빼앗긴 거예요. 왜냐하면, 저기에 있는 얼간이 쓰토무가 이구아나를 기르다가 귀찮아지니까 우리 집에 떠넘겼기 때문이에요."

단숨에 떠들어 댔다. 이제 멈출 수 없다.

토쿠다 영감이 와핫핫하 하고 귀에 거슬리는 소리로 웃었다. 아빠의 얼굴은 정말로 백지장처럼 하얘져서 그만 기절하는 것은 아닐까 싶을 정도였다. 엄마는 금붕어처럼 입을 벌렸다 다물었다 하고 있었다. 아빠도 엄마도 뒷수습을 못하고 굳어 있자, 토쿠다 영감이

"귀담아듣지 않으셔도 됩니다."

그렇게 다시 불쾌한 듯이 웃으며 말했다.

"쥬리 짱은 상당히 유머러스한 아이여서, 뭐랄까. 이야기를 잘 지어내는 아이라고 할까요, 뭐, 상상력이 풍부하다 할까요. 저 나이 또래에는, 허어, 참, 난감하구먼…"

"토쿠다 할아버지도 상상력이 풍부하시네요. 생일 선물로 공룡을 주겠다면서 저를 속이셨잖아요. 티라노사우르스가 필요하지 않으냐고요. 상당히 유머러스하시네요."

나는 거리낌없이 말했다. 기분이 끝내줬다. 너무나 이 말이 하고 싶어서 가슴이 꽉 막힌 것을 반년이나 참고 있었던 것이다.

"이리와, 야다몽!"

나는 양팔을 야다몽이 있는 스즈키 박사 쪽으로 뻗었다. 가슴이 두근두근했다. 야다몽은 올까. 야다몽은 나를 좋아할까. 조금이라도, 나를, 좋아할까.

이구아나는 멍하니 있었다.

아아, 어째서 쓰토무는 좀더 영리한 동물을 떠맡기지 않았을까. 주인을 아는 동물. 지금 자신을 돌봐주고 있는 주인을 확실히 아는 동물. 좋은 놈과 나쁜 놈을 구별할 줄 아는 동물.

"이리 와. 티라!"

쓰토무도 이구아나를 향해 팔을 내밀었다. 사람을 바보 취급하는 듯한 하얀 얼굴은, 자신만만하고 의기양양해 있었다.

이구아나는 쓰토무를 보았다.

쓰토무 쪽으로 갈 것이 틀림없다.

왜냐하면, 나는 나쁜 아이이고 그다지 착하지 않았다. 언제나 싫다 싫어, 하면서 귀찮아 했다. 언제나 너무 방해만 된다고 생각했었다. 목욕탕에 담가 놓고 놀았다. 추운 한밤중에 자루에 담아 버리러 갔었다.

쓰토무는 정말로 얼간이지만, 나보다 확실하게 이구아나를 돌보아 주었을 것이다.

나는 눈을 질끈 감아 버렸다. 쓰토무를 따라가는 이구아나를

보고 싶지 않았다. 이 또한 질투일까. 질투라면, 나는 야다몽을 많이 좋아하는 것일까.

눈을 뜨자, 야다몽의 새카맣고 맑고 반짝반짝 빛나는 눈동자가 보였다. 귀엽지만 무엇을 생각하고 있는지 전혀 알 수 없는 눈동자. 처음에는 바보라고 생각했다. 아무 생각도 없을 거라고 여겼다. 하지만, 그렇지 않다. 다만, 인간이 생각하는 것을 생각하지 않을 뿐. 이구아나에게는 이구아나의 사고방식이 있고, 그것을 인간이 알 수는 없는 것이었다.

괜찮아…하고 나는 생각했다. 괜찮아, 야다몽. 네 마음에 드는 팔로 올라가. 마음에 드는 나뭇가지에 오르듯이 말야. 색이랑 굵기랑, 발톱에 걸리는 느낌이 좋은 가지를 고르는 것처럼 말야.

멍하니 있던 이구아나는, 천천히 기분을 바꾸었다. 하품을 하듯이 입을 벌리고 부르르 가볍게 몸을 턴다. 그리고 움직였다. 느릿느릿하게, 나의 팔을 건너서 왼쪽 어깨 위로 올라왔다. 그리고 오른쪽 어깨 위에 얼굴을 내밀고, 목도리처럼 목을 휙 휘감으며 내게 들러붙었다. 어떤 얼굴을 하고 있는지 보이지 않았다. 분명히 멍청한 얼굴이리라.

나는, 내가 어떤 얼굴을 하고 있는지도 알지 못했다. 얼굴이 뜨거웠다. 울컥하며 울음이 터질 것만 같은 기분이었다. 야다몽

의 변덕이 때마침 내 쪽을 향했을 뿐, 쓰토무보다 나를 좋아하는 것은 아니라고, 열심히 나 자신에게 타일렀다.

그래도 기뻤다. 엉엉 울음이 터질 것 만큼 기뻤다. 남부끄럽게 엉엉 울지 않으려고, 나는 떠들기 시작했다.

"할아버지는, 이구아나와 함께 자 본 적이 있으세요? 배 위에 얹고 자 본 적 있으세요? 우리 야다몽은요, 함께 잠을 자면 굉장히 재미있는 초록색 꿈을 꾸게 해줘요."

썰렁한 이야기를 시작하고 말았다. 토쿠다 영감은 나에게 사기를 쳤지만, 이런 바보 같은 이야기는 누구라도 도리없이 거짓말이라고 생각할 것이다.

하지만 나는 내가 꾼 꿈을, 한 번뿐이 아니라 두 번, 세 번이나 꾸었던, 초록색이 충만한 강변 밀림의 이야기를 했다. 아빠가 꾼 공룡 꿈 이야기도 했다. 스즈키 박사는, 진지한 얼굴로 듣고 있었다. 천천히 끄덕이면서 진지하게 맞장구를 치면서 듣고 있었다.

나는 이 마르고 조그맣고 백발이 성성한 할아버지가 좋아졌다. 아이들의 이야기를 어떻게 듣는가를 보면 어떤 어른인지를 바로 알 수 있다.

"재미있군요!"

스즈키 박사는 한마디로 딱 잘라 말했다. 그리고 "쥬리 짱",

다음으로는 아빠를 보고, "고타케 상. 실례가 되겠지만, 저 한 번만 여기서 낮잠을 자 봐도 되겠습니까? 꼭 야다몽 군을 빌려서 초록색 꿈을 꾸어 보고 싶습니다."

토쿠다 영감이, 껄껄껄 거리며 웃었다. 자포자기한 것 같은 웃음이었다.

"아이고, 스즈키 박사님도 참 농담을 좋아하시네요."

"아니 아니, 진심입니다. 저, 아주 진지하게 말하고 있습니다."

스즈키 박사는 시원스럽게 웃었다.

"이 방은 덥습니다."

갑자기 아빠가 입을 열었다.

"여름뿐만이 아니라, 겨울에도 덥게 해 놓고 있습니다. 사람이 있기에는 너무 더운 기온입니다."

버벅거리는 뉴스 아나운서처럼, 자못 진지해져서는 주섬주섬

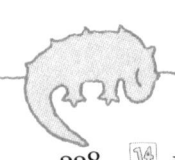

말을 이어간다.

"하지만, 저는 때때로 이 방에 쉬러 옵니다. 아무리 더워도, 피곤이 풀립니다. 이상하지요. 저는 특별히 이구아나를 좋아하지는 않습니다. 그런데도 이 더운, 너무 더운 초록색 풍부한 방에서 남쪽 나라의 거대한 도마뱀을 보고 있으면, 전혀 다른 시간의 흐름 속으로 들어가는 것 같은 느낌이 듭니다."

"이해합니다. 아니, 잘 이해합니다."

스즈키 박사는 외치듯이 말하며 크게 고개를 끄덕였다.

"천천히 흐르는 시간입니다. 우리들이 생활하고 있는 동경의 조급한 시간보다, 몇 배나 몇 십 배나 느린 시간."

아빠의 말투도 느려져 간다.

"이구아나는 실제로 느긋하게 행동하고, 우리들도 녀석을 놀래키지 않기 위해 천천히 행동하는 버릇이 생겼습니다. 이구아나는 좀체로 주인의 안색 같은 것을 이해하지 못하고, 완전히

자유롭게 멋대로 빈둥거리며 조용히 지내고 있습니다. 먹고, 똥 누고, 자고. 정말로 기분 좋게 따끈따끈하게 잡니다. 부러운 잠입니다. 보고 있으면 마음이 편안해 집니다."

"과연!"

스즈키 박사는 계속 말을 이어갔다.

"아-, 이거 참!"

박사는 숨을 크게 쉬었다.

"역시, 저 애는 운이 좋습니다. 최고의 주인에게 둘러싸여 있는 것 같습니다."

"감사합니다."

아빠는 창백해진 얼굴로 인사를 했다.

"저와 집사람은, 하는 일이 거의 없고, 딸이 잘 돌보고 있습니다. 마음 놓으십시오."

나는 아빠의 얼굴을 물끄러미 바라보았다. 아빠는 진심으로 말하고 있는 것일까.

"그렇습니다. 이 애는 아파서 열이 심할 때도 이구아나에게 먹이를 주어야 한다면서 침대에서 뛰어나간 적도 있어요. 말리느라고 고생 좀 했지요."

엄마가 말했다.

나는, 점점 그 자리가 불편해 졌다. 아빠와 엄마에게 혼이 나는 것은 익숙해져 있지만, 칭찬 받는 일에는 익숙해져 있지 않았다.

아빠와 엄마는 알고 있을 것이다. 지금 여기에서 나를 그런 식으로 칭찬하는 일에 대해 토쿠다 영감이 어떻게 생각할지를.

쿠데타다. 반역이다. 모가지다.

멋있다!

게다가 나는 사실 아빠와 엄마가 말하는 것처럼 좋은 아이도 아니다. 그 뒤에 열이 올랐을 때에는, 야다몽에게 먹이를 주러 갔는지 어땠는지도, 알지 못 한다.

당황하여 어쩔 줄 몰라 하고 있으니까, 스즈키 박사는 나를 보고 빙그레 웃었다.

"다음에 꼭 우리 집에 놀러오세요. 이구아나도 많이 있고, 다른 재미있는 동물도 있으니까요."

토쿠다 영감이 불독처럼 목구멍 안에서 끄르르르르 하고 신음 소리를 내는 것이 들렸다. 얼간이 쓰토무가 안경의 위치를 바로잡다가 실패를 해서 안경이 얼굴에서 미끄러져 떨어졌다. 금속테 안경을 걸치지 않은 쓰토무의 얼굴은, 믿을 수 없을 만큼 어벙하다고 생각하면서 나는 마음 속으로 꼴 조오타, 하고 소리쳤다.

밉살 맞은 인간이 "졌다"라고 말했다.

절대로 "졌다"고 말해서는 안 되는 사람들이, "졌다"라고 말해 버린 것이었다. 토쿠다 영감과 쓰토무가 입 밖으로 "졌다"라는 말을 내뱉은 것은 아니지만, 밉살맞은 두 얼굴에 유성 매직펜으로 큼지막하게 쓴 것처럼 "졌다"라는 글자가 보이는 것이었다.

죽인다!

아빠와 엄마는 손을 맞잡고 있었다. 무척이나 사이가 좋은 듯이 둘이서 약간 떨고 있었다. 나도 엄마의 곁으로 가서 캔디바처럼 파리한 얼굴로 달달 떨고 있어야 하는 건지도 몰랐다.

하지만, 그렇게 하는 대신 나는 입 끝을 살짝 올리며 생긋 웃었다.

"다른 재미있는 동물은 뭐가 있는데요?"

스즈키 박사에게 묻자, 39종류의 도마뱀과 29종류의 거북이와 19종류의 뱀과 9종류의 이구아나와…

나는 드디어 스즈키 박사와 닮은 사람이 누구인지를 알 수 있었다. 「무섭고도 궁금해」의 요요기 상이다.

정말, 똑같다.

요요기 상이, 스즈키 박사의 아들이고, 히타카 군이 손자라고 해도 나는 전혀 놀라지 않을 것이다.

"네. 찾아 뵙겠습니다."

예의바르게 대답했다.

그러자, 쓰토무의 평소 핏기 없는 하얀 얼굴이 화가 난 나머지 새빨개지고, 토쿠다 영감의 커다란 머리가 3배 정도 부풀어 올랐다-그렇게 보였다.

이제, 더 이상 돌이킬 수가 없다.

드디어, 해냈다.

15. 가난뱅이가 되다!

아빠는 해고되었다.

스즈키 박사가 왔던 다음 주 목요일이었다.

내가 학교에서 돌아오자, 아빠는 벌써 집에 있었고, 거실 소파에서 감색 양복에 넥타이를 단정히 맨 채로 홍차 넣은 브랜디를 마시고 있었다. 엄마는 아빠의 곁에 조용히 앉아서 브랜디 넣은 홍차를 마시고 있었다.

찻잔은 손님용으로만 쓰는 최고급의 새하얀 지노리(이탈리아산 최고급 양식기의 상표-옮긴이). 아빠도 엄마도 그 컵에 코를 파묻고 있었다. 심각한 얼굴을 하고 있다. 3일간 철야를 한 뒤 석남 공원에서 조깅을 하다가 누군가에게 정수리를 냅다 얻어맞고 메기 연못에 굴러 떨어진 것 같은 분위기였다.

물론 그것은 아니었다.

아빠는 상당히 긴 시간이 흐르고 나서 내가 있다는 사실을 알아차린 듯이 얼굴을 들었다.

"호오. 쥬리구나."

힘없는 목소리로 불렀다. 그리고, 코코아를 타 갖고 와서 같이 마시자고 했다. 이제부터 아빠가 할 이야기는, 코코아라도 마시며 듣지 않으면 정신이 이상해지기 때문이라고 하면서.

나는 깜짝 놀라서 평소처럼 냄비에다 제대로 코코아를 만들지 않고, 전자렌지에 우유를 데워서 그 안에 코코아 가루와 설탕을 넣고 휘휘 저었다. 미지근하고 가루는 둥둥 뜨는 최악의 코코아가 완성되었다. 하지만 그것을 마셔서인지, 끝내 정신이 이상해지지는 않았다.

아빠는 나쁜 뉴스를 전달하기 전에 "쥬리 잘못이 아니다"라는 말을 백 번 정도 반복했기 때문에, 내 탓으로 터무니없이 심각한 일이 일어났음을 알았다. "토쿠다 영감"이라는 아빠의 한마디에 모든 것을 짐작할 수 있었다.

하지만, 실제 상황은 내가 생각한 것과 조금 달랐다. 토쿠다 영감은 "예의라곤 없고 또라이 같은 네 딸한테는 정나미가 떨어졌으니 너는 모가지다"라고 말하지 않았던 것이다.

그날 아침, 토쿠다 영감은 이상하게도 상냥하고 불길한 미소를 띠며 직원실 아빠의 책상으로 찾아왔다. 이사장실(아빠의 학교에는 교장실보다도 호화로운 이사장실이 있다)로 불러들이지 않고, 그쪽에서 굳이 찾아왔다는 것이 살짝 불길했다.

-자네한테 부탁이 있네.

토쿠다 영감은, 등골이 오싹거릴 정도의 간사한 목소리로, 그런 주제에 잘난 척하며 말했다.

토쿠다 영감이 아빠에게 부탁을 한다는 것은, 바로 명령을 말한다. 반 년 전에도 그랬다. 야다몽을 우리더러 길러 달라고 부탁했을 때.

─그 이구아나를 돌려주게나.

즉, 오늘 아침의 이야기도 명령.

─쓰토무 녀석, 오랜만에 티라를 보더니 그리워 못 견디겠는 모양이야. 호호, 으음. 그게 말이야, 역시, 애완동물이란 것이 한 번 기르면 좀처럼 떼어 놓기 힘든 거더라고. 호호호, 으음. 그러니까 돌려주게나.

토쿠다 영감은, 아빠가 잘 받들어서 공손히 "네, 알겠습니다. 곧 돌려드리겠습니다"라고 대답할 것이라고 믿고 있었을 것이다.

하지만 아빠는 그렇게 대답하지 않았다. 잘 받드는 자세도 취하지 않고, 공손한 말투도 쓰지 않았다. 직원실의 자기 책상에 앉은 채로, 토쿠다 영감의 피둥피둥 커다란 몸을 올려다보듯이 뒤로 젖히고 앉아, 떡하니 허리에 양손을 갖다 대고, 목청껏 큰 소리로, "뒈져 버려라. 이 망할 영감탱이야!"라고 외친 것이다.

아빠는 거기까지 이야기하자마자 덜덜거리며 몸을 떨기 시작했다. 하얗고 예쁜 컵 속에서 투명한 자줏빛 액체가 넘쳤다. 엄마가 아빠의 팔을 누르지 않았다면, 홍차를 넣은 브랜디는 남김없이 바닥에 쏟아져 버렸을 것이다.

"자, 알겠지?"

아빠는 나를 보고 말했다.

"내 잘못이야. 내가 믿을 수 없이 바보 같은 일을 해서, 멋대로 모가지를 당한 거야."

아빠는 엄마의 손을 뿌리치듯이 갑자기 양팔을 확 벌렸다. 덕분에 컵 속의 내용물은 나를 목표로 날아왔다.

"먹여 살려야 할 마누라, 자식이 있는데, 나는 세상에서 가장 바보 같은 남자야."

나는 홍차 넣은 브랜디를 머리에서부터 뒤집어썼다. 피할 겨를도 없었다. 식어서 다행이다. 술이 코 끝에서 떨어지는 것을 혀로 받아내고, 눈에 흘러들어가지 않도록 이마를 손으로 훔쳤다. 그리고 큰 소리로 말했다.

"아빠, 진짜 멋있다."

상상을 하며 생긋 웃었다.

"토쿠다 영감 충격 받아서 기절해 버린 거 아냐?"

아빠는 눈이 휘둥그레져서, 천천히 말했다.

"코를 한 방 먹은 것 같은 얼굴이었지."

그 얼굴이 떠올랐는지, 점점 아빠의 입술이 느슨하게 풀어졌다.

"코에 세 방, 턱에 한 방, 배에 최후의 한 방이라고 해둘까."

히히히히 하고 내가 웃자, 아빠는 헤헤헤헤헤 하고 웃기 시작했다. 엄마는 씁쓸한 표정으로 우리를 바라 보았다.

"뭐가 그렇게 미적지근해요."

엄마는 위협적인 목소리로 속삭였다.

"정말로, 코에 세 방, 턱에 한 방, 배에 최후의 한 방, 맛을 보여 줬어야죠."

아빠는 엄마를 마치 처음 보는 사람처럼 빤히 바라보았다.

"어떻게 당신이… 당신이 웬 일로…"

"그 썩을 영감탱이, 사람을 바보 취급해도 정도가 있지."

"아니, 당신, 당신은…"

"걸핏하면 저런 도깨비 같은 도마뱀을 떠맡겼다가, 되찾다가 하다니, 지옥에나 떨어지라고 해요."

"하지만, 그래도 당신은-이구아나가-없어지는-게-좋지-않아?"

아빠는 겨우 끝까지 말을 마칠 수가 있었다.

엄마는 얕은 한숨을 쉬었다.

"기쁜 정도가 아니예요. 3박 4일 연달아서 축하 파티를 해도 모자랄 정도죠."

조금 전보다 깊은 한숨을 쉬었다.

"모가지가 잘린다. 돈이 없어진다. 이구아나는 남는다. 돈이 든다. 큰일이네요."

엄마의 말에 아빠는 풀이 죽어서 고개를 푹 숙였다.

"그래도 당신, 속은 후련하죠?"

아빠는 머뭇머뭇 고개를 끄덕였다.

"나도, 속이 다 후련해요."

그렇게 말하더니, 엄마는 영국 백작 부인처럼, 고급스러운 컵의 홍차를 마시는 것이었다.

그리고, 우리들은 모두 썬룸으로 갔다.

9월의 저녁은 아직 환했다. 서쪽 창에서 햇살이 반짝반짝 들이치고 있고, 방은 언제나 처럼 끔찍하게 더웠다.

야다몽은 해먹의 좋아하는 장소에서 아무것도 모르고 자고 있었는데, 세 사람이나 우르르 찾아와서 보통 일은 아니라는 눈초리로 바라보고 있어서인지, 멍하니 동그란 눈을 떴다.

황록색의 거칠거칠한 피부, 공룡을 연상시키는 낡고 이상한 초록색의 무서운 피부, 예쁜 검정 줄무늬가 있는 길고 긴 꼬리, 나도 모르게 쓰다듬어 주고 싶어지는 멋있는 목주머니, 탈피할 때 떼어주기가 재미있었던 뾰족뾰족한 등지느러미-정말, 어느 모로 보나 이구아나였다.

커다란 이구아나. 건강한 이구아나. 두 살 난 이구아나. 어른 이구아나. 수놈 이구아나. 최근에는 보빙이라고 해서, 목을 앞뒤로 힘차게 흔들어 대는 동작을 자주 한다. 그것은 수놈이 어른이 되어 사랑을 갈구하는 동작이라고 한다. 야다몽은 여자 이구아나를 만나고 싶은 것이다. 신부를 원하고 있다. 건방지게도.

아빠도 엄마도 나도, 아무 말없이 머리 위의 야다몽을 올려다보고 있었다.

저 녀석이 여기에서 없어진다는 것은, 나로서는 왠지 조금도, 아주, 전혀, 절대로 생각할 수 없었다. 아빠가 토쿠다 영감의 명령을 거절해 준 일은, 가슴이 뻐근할 정도로 기뻤다. 고마웠다.

하지만, 하지만…

아빠의 모가지가 잘렸다는 것은, 우리 집이 가난뱅이가 되었다는 것은, 12년 인생에서 가장 힘든 일인 것 같았다. 아빠의 41년 인생에서도, 엄마의 38년 인생에서도 역시 가장 힘든 일이 아닐까.

저 녹색 이구아나 한 마리 때문에.

애완동물 가게에서 3천 엔 하는 이구아나.

엄마가 너무 싫어하는 도마뱀 놈.

"저기, 아빠."

나는 머뭇거리며 물었다.

"야다몽을 돌려달라는 말을 들었을 때 아빠가 대든 것은, 역시 나 때문이야? 내가 슬퍼 할까봐?"

그러자 아빠는 뭐라 표현할 수 없는 목소리로 우물거리듯이 말했다.

"아니… 뭐라고 말해야 좋을까."

아빠는 한숨쉬듯이 중얼거렸다. 한동안 생각에 잠긴 듯이 잠자코 있더니, 이윽고 천천히 말하기 시작했다.

"그때는 말야, 머리 속에 계속해서 여러 가지가 떠올랐어. 예를 들면, 사람이 죽기 전에 자신의 일생이 순간적으로 파노라마처럼 펼쳐진다고 하지. 그렇게 말이야. 저 이구아나가 우리 집에 와서, 이런 일이 있었고, 저런 일이 있었고-내 책을 엉망진창으로 만들어 놨지, 돌팔이 의사들을 찾아 다녔지. 쥬리와 저 놈을 찾아서 한밤중에 동네를 뛰어 다녔지. 아침 일찍 일어나느라 맨날 졸았지. 여름방학에 녀석과 함께 무더운 오후를 썬룸에서 지냈지…"

아빠의 말에 정말로 그때의 광경이며 기분이, 또렷이 되살아났다.

"정신이 들고 나니까, 입만 혼자서 벙긋벙긋 거리고 있더군.-뒈져버릴, 망할 영감!"

아빠는 나즈막히 코웃음을 쳤다.

"쥬리가 슬퍼할 거라든가, 이제 더 이상 못 참겠다든가, 찬찬히 생각할 겨를이 없었어."

"당신은 생각한 거예요. 순간적으로. 자기도 모르는 사이에 순식간에."

엄마가 말했다.

"그것이 쥬리의 소중한 이구아나라는 것을. 쓰토무는 단지 질투로 심술을 부리고 있다는 것을. 토쿠다 큰아버지는 단지 골탕을 먹이고 있다는 것을. 진심으로 이구아나를 돌볼 마음은 없다는 것을. 더 이상 바보 취급 당할 수는 없다는 것을요. 토쿠다 영감이라면 이젠 지긋지긋하다고. 더 이상 절대로 받아줄 수 없다고, 확실히 당신은 제대로 생각한 거예요."

아빠는 이상한 얼굴로 엄마를 바라보았다. 잠시 후, 이상한 목소리로 말했다.

"엄마 말이다. 꽤 오랫동안 이구아나를 아무렇지도 않게 볼 수 있게 됐구나."

그 상황에 맞지 않는 생뚱맞은 말이었다.

하지만, 엄마는 그냥 생긋 웃었다.

아빠는 엄마의 말에 놀라고 감동하면서도 솔직히 고맙다고 말하는 대신, 엉뚱한 이야기를 했다는 것을 나는 알 수 있었다.

아빠가 귀엽다.

엄마는 영리하다.

나는 그걸 몰랐었다.

"뭐든, 다음 일을 찾아야지."

아빠는 진지한 목소리로 단호하게 말했다.

"찾게 될 거예요. 나는 아르바이트라도 해야겠어요."

엄마가 진지한 목소리로 단호하게 말했다.

"신문배달 할게."

나도 진지한 목소리로 단호하게 말했다.

"어어, 그렇게 한심하게 보지 마. 나, 생활비 정도는 어떻게든 할 수 있다구. 한동안은 실업보험도 있고…"

"무슨 소리예요. 저 도마뱀한테 얼마가 들어가는지 알아요? 월 5만 엔이라구요. 아프기라도 하면 더 들어가고."

엄마가 단호하게 말하자, 아빠는,

"우웃!"

외쳤다.

"그렇지! 토쿠다 큰아버지의 지원이 당연히 끊어지게 되는구나. 월 5만 엔!"

"나, 고기 안 먹어도 돼. 매일 이구아나 샐러드 남은 거 먹어도 돼. 아이스크림도 새 옷도 게임기도 필요 없어."

이구아나를 키운다는 일은 그런 것이다.

이리하여, 고타케 일가의 가난한 생활이 시작된 것이었다.

그것은, 생각했던 것 만큼은 힘들지 않았다.
 아빠는 입시학원 강사 일을 찾았고, 월급은 전보다 나을 정도였다. 단, 언제 그만두게 될 지 모르는, 안정되지 않은 일이라고 한다.—그거야, 전에도 마찬가지였지만.
하지만, 아빠는 입학시험 영어 문제를 학생들 머리 속에 때려 넣는 것보다, 연극부의 고문을 맡거나 체육대회 위원을 하거나 수학여행을 인솔하는 일을 좋아하기 때문에, 다시 학교 선생님이 되기 위해 힘쓸 것이라고 말했다.
엄마는 편의점 점원이 되었다.
나는 신문배달은 하지 않았지만, 슈퍼마켓 전단지를 체크해서 야채 세일을 찾아내고 학교에서 돌아오는 길에 자전거를 타고 장보기를 맡게 되었다.
야다몽은 아무것도 하지 않았다.
다만, 식물이 가득한 더운 썬룸에서 먹고, 누고, 잤다.
이구아나는 언제나 변함이 없다. 안달복달하거나, 걱정하거나, 슬퍼하거나, 초조해 하거나 하지 않는다.
인간과는 전혀 다른 동물.
태평스럽게, 멀고 먼 옛날의 오랜 초록색 꿈 속에 살고 있는 동물.

 이 황록색의 왕도마뱀을 왜 좋아하게 되고, 소중히 여기게 되고, 버릴 수 없게 되었는지를 설명하는 일은 어렵다.

 한번 길러보지 않고서는 알 수 없을 것이다.

 가난과 아침 일찍 일어나는 것과 더운 방이 싫지 않다면, 나는 한번 길러보라고 말하고 싶다. 이구아나 샐러드 요리 방법도 가르쳐 주고 싶다.

 스즈키 박사는 정말로 우리 집에 낮잠을 자러 왔다. 그리고, 아빠와는 조금 다른 공룡의 꿈을 꾸었다. 무섭고도 즐거운 초록색의 꿈이었다고 열을 내며 자세히 설명해 주었다.

 아빠와 박사님은 뭔가 느낌이 통하는지, 완전히 친구가 되어버렸다. 스즈키 박사는 아빠가 해고된 것을 걱정하며 취직할 수 있도록 도와주겠다고도 하고, 아르바이트 자리를 알아 봐 주기도 한다. 아르바이트란 영어 번역을 말한다. 아빠는 파충류 연구에 대한 글을 영어에서 일본어로 고치는 것을 하고 있고, 그것을 「초역」이라든가 하는데, 말하자면 스즈키 박사의 일을 돕는 것이라고 한다.

 "스즈키 박사님은 내가 번역에 재능이 있다고 하시더군."

 아빠는 기대에 차 있다.

"언어에 대한 감각이 좋데, 특히 파충류에 관한 한 독특한 감각이 있다는군. 다음에는 책 한 권을 전부 맡겨주시겠다고 하더라고. 어때?"

"대단해요! 당신 이름이 책에 실리는 거네요?"

엄마도 기대에 차 있다.

"그건 잘 모르겠지만. 때에 따라서는, 어쩌면. 잘하면…"

어쩌면, 잘하면, 아빠는 번역가가 될지도 모르고, 파충류 전문가의 조수가 될지도 모를 일이다.

내가 학교에 낸 「이구아나의 과학적 관찰 일기」는 화제를 불러 일으켰다. 우선, 선생님이 엄청나게 칭찬을 해 주었다. 개성 있고, 과학적이고, 훌륭한 역작이라면서. 모두들 꼭 읽어보라고, 끈을 달아서 교실 뒷벽에 전시했다.

기뻤다.

하지만, 더욱 기쁜 것이 있다.

전혀 과학적이지 않은 큰 소동.

즉, 나는 일기에 히타카 군과 함께 이구아나를 산책시키다가 소나기 만난 일을 쓴 것이다. 엄마에게는 비밀로 해야 하니까 쓰지 말아야 했지만, 아무래도 그것은 일기의 하이라이트가 아닐까?

히타카 군이라고 본명을 밝히지 않았어야 했는지도 모른다. 「친구」라든가, 「H군」이라든가.

이구아나에게 흥미가 없는 여자아이들도, 나와 히타카 군이 「데이트」했다는 것을 알면, 가만히 있지는 않을 것임에 틀림이 없었다. 특히 히타카 군에게 발렌타인 초콜릿을 주었던 3인조, 마나미 짱과 세이카 짱과 하루미 짱.

"야, 야, 쥬리 짱, 너 히타카 군과 사귀는 거냐?"

교실에서 세 사람에게 빙 둘러싸여서 추궁을 당하니 조금 무서웠다. 비오는 날 점심 시간이어서 교실에는 남자아이도 많이 남아 있었고 히타카 군도 있었다. 나는 "아니야"라고 대답하려 했지만 왠지 슬픈 생각이 들어 좀체 말을 못하고 있었다. 그러자 히타카 군이 다가왔다.

너무 창피해서 도망치고 싶어졌다. 폐를 끼쳤다는 생각이 들었다. 들뜬 마음으로 일기에 이름을 쓰는 바람에 미안해. 히타카 군은 이런 소동이 마땅치 않을 것이 틀림없다.

히타카 군은, 3인조에 맞서듯이 불쑥 내 뒤에 섰다.

"언약한 사이는 아니지만."

쿨한 목소리가 귀 뒤에서 들린다.

"고타케는 최고의 걸 프렌드야."

마나미 짱과 세이카 짱과 하루미 짱이 "꺄악"하고 외쳤다. 교실의 다른 여자애들도, 남자아이들까지 "꺄악"하고 소리를 질렀다. 나도 하마터면 "꺄악"하고 소리를 지를 뻔 했다.

정말 닭살이다.

미국에서는 그런 행동이 당연할지 모르겠지만, 일본에서는 "좋은 녀석이야"라든가, "아주 오랜 친구야" 같은 식으로 말하는 법이다.

더욱 가슴이 뛰었다.

마나미 짱 3인조는 어이없는 얼굴이 되었다. 더 따져 묻고 싶은데, 아무 말도 못 하고 있는 것이다. 히타카 군은 정말이지 말 한마디로 상대방을 꼼짝 못하게 하는 능력이 있네.

"얘는, 나무도 잘 타. 나보다도 잘 타더라고."

히타카 군은 그렇게 말하며 내 정수리의 머리카락을 살짝 잡아당겼다.

"이구아나 만큼 잘 타."

히타카 군이 우리 집에 놀러 온 것은, 미국의 마크로부터 받은 선물을 전해 주기 위해서였다.

이구아나의 옷이며 모자며 썬글라스. 노란색 티셔츠며 러플이 달린 치마며 아기들이 쓸 법한 하얀 모자. 인형 옷 갈아입히기 상품처럼 너무나 귀엽다. 마크는 편지도 보내 주었다.

"고타케 이야기를 많이 해 줬더니, 펜팔을 하고 싶다나. 이구아나 이야기로 엄청 흥분되어 있어."

히타카 군이 말했다.

나는 영어를 쓸 줄도 읽을 줄도 모르지만, 히타카 군이 도와주겠다고 하고, 우리 집에도 영어 전문가가 있잖아. 펜팔이라니, 근사하다.

야다몽에게 T셔츠를 입히고 프릴이 달린 플레어 스커트를 입혀서 폼나는 썬글라스를 코 위에 얹었다. 녀석이 귀찮아서 몸부림을 치는 바람에 겨우 입힐 수 있었다. 히타카 군과 둘이서 정신없이 웃었다.

신난다.

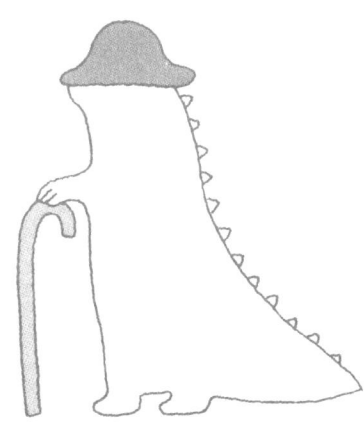

너무 재미있어서 엄마도 불러 보여 주었다. 엄마는 눈이 휘둥그레져서는, 마치 모르는 동물을 보듯이 야다몽을 바라보았다.

"어때?"

내가 물었다.

"이러니까 이구아나도 그렇게 무서운 것 같지는 않지?"

"음, 으응…"

엄마는 답변이 궁했다.

"귀여…울지는 모르겠지만… 그, 걔는, 이구아나는, 야다몽은 옷을 벗는 편이 낫지 않을까. 좀 불쌍한 거 아니야? 이 방도 전혀 춥지는 않을 텐데."

엄마가 너무 심각한 얼굴을 하고 말했기 때문에 나는, 이 패션 상품들은 계속 입히는 것이 아니라 그냥 재미로 입혀 본 것뿐이라고 설명해야 했다.

히타카 군은 뭔가 감동한 것 같은 표정으로 엄마를 찬찬히 바라보았다.

"정말로 이구아나의 기분을 잘 이해하시네요. 역시 고타케의 엄마시네요."

엄마는 난처한 얼굴을 했다.

히타카 군이 돌아간 후 엄마가,

"그 애는 친구니? 아니면, 특별한 사이니?"

그렇게 물으며 몹시 알고 싶어했다.

"최고의 보이 프렌드야."

새침하게 대답해 주었더니, 눈이 휘둥그레진다.

하하하하.

내 장래의 꿈.

히타카 군과 결혼을 해서 둘이서 이구아나를 5마리 정도 기르며 아주 가난하게 산다.

좋겠다!

후 기

2년 전 여름. 더운 날이었습니다. "무서워서 도망 가더라도 용서해 주세요"라며 말도 안 되게 실례되는 예고를 하고, 나는 12마리의 이구아나가 살고 있는 야마노우치 씨 댁을 취재하러 갔습니다.

특별히 파충류 광도 아닌 내가 파충류 이야기를 쓰고 싶어진 것은, 사실 약간의 「무섭고도 궁금함」이 있었기 때문인지도 모릅니다.

수 년 전, 네리마 구의 이시가미이 공원 연못에 악어가 출몰한 것 같다는 대소동이 있었던 것을 알고 계시나요? 작은 새끼 악어가 순식간에 자라 거대해지자, 감당할 수 없게 된 무책임한 주인이 몰래 연못에 갖다 버린 것으로 추정됐고, 혹시라도 정말로 완전히 성장한 악어가 있다면 매우 위험하다며 경비대가 출동했었습니다. 결국 악어는 나오지 않았지만, 굉장히 스릴 넘치는 사건이었지요.

그 사건이 머리 속에 줄곧 남아 있다가, 결국 악어가 아닌 이구아나의 이야기를 할 수 있을 것 같은 생각이 들었습니다. 그리고, 진짜 이구아나와 그 주인을 만나러 갔습니다.

가까이에서 보는 진짜 이구아나는, 무섭지 않았습니다! 귀여웠습니다! 사진이나 영상으로는 모릅니다. 실제로 보아야만 알 수 있습니다. 아무리 잘 찍힌 사진도 별로 귀엽다는 생각은 들지 않지만, 눈앞에서 살아 움직이고 있는 이구아나는 전혀 다릅니다.

그리고 주인이신 야마노우치 씨 부부! 이 두 분은 정말 놀라운 분들입니다. 동물 애호가인 두 사람이 어느 날 우연히 만난 이구아나의 포로가 되어 마치 인생의 모든 것을 바치듯이 사랑하게 된 것입니다. 자상하고 크고 거침없는 애정입니다. 그렇습니다. 독자 여러분께서는 이미 알고 계시겠지만, 웬만한 사랑으로는 이구아나라는 동물을 도저히 키울 수 없습니다.

가벼운 마음으로 취재를 갔던 나는, 조금은 진지해져서 돌아왔습니다. 그리고, 반쯤은 진지하고 반쯤은 가벼운 책을 써야겠다고 생각했습니다만, 그래, 결과는 어땠나요?

야마노우치 부부는 이구아나 연구소를 설립하고 이구아나에 대한 연구, 사육에 관한 상담, 네트워크 조성 등에 전념하고 계십니다. 전국에 있는 이구아나 동호인들의 마음을 지원해주고 있습니다. 작년 초 여름에 일본에서 처음으로 이구아나를 알에서 부화시키는데 성공하기도 했습니다. 새끼들은 무럭무럭 자라서 한 살이 되었습니다. 굉장하죠! 지금, 야마노우치 씨 댁의 이구아나는 모두 14마리입니다.

혹시 이 책을 읽고 이구아나에 관해 좀더 상세히 알고 싶다면 야마노우치 아키라, 타카코 공저의 『이구아나 매니아』(眞菜書房)를 권합니다. 혹은, 야마노우치 이구아나 연구소에 직접 접속해 주십시오.
FAX (0427-47-4102), 인터넷 홈페이지 (http://www.sagami.ne.jp/yama/www.yamasite.com).

끝으로, 「귀여운」 이구아나를 그리겠다며 바쁘신 가운데 애써 주신 하라다 다케히데 씨, 진짜 귀여운 이구아나 그림, 정말 정말 기뻤습니다. 진심으로 감사했습니다.

사토 다카코

이구아나가 귀찮은 날들

1판 1쇄 발행 2009년 2월 1일

지은이 사토 다카코
그 림 하라다 타케히데
옮긴이 홍창미
펴낸이 황현덕
펴낸곳 수린재

등록 제105-90-78139호
주소 서울시 마포구 서교동 352-5
전화 323-2191
팩스 323-2276
이메일 sulinjae@paran.com

ⓒ 2009, 수린재
ISBN 978-89-956248-7-6 (03830)

책값은 뒤표지에 있습니다.
잘못 제본된 책은 바꾸어드립니다.